加藤よしき

たとえ軽トラが突っ込んでも僕たちは恋をやめない

Yoshiki Kato

It's a love story.
Just say...

角川書店

目次

たとえ軽トラが突っ込んでも僕たちは恋をやめない

おじさんはね、軽トラに乗っとんちゃ。そんでなぁ、この軽トラでいろんな所に突っこんで、生計を立て取るんちゃ。突っ込む先は、主にカップルやね。いや、ほとんどカップル。最近はずっとそうやね。そんな仕事があるんかって思うやろうけど、ここにあるんよね。実際、これでお金が貰《もら》えて、おじさんが一人で食っていく分くらいの金にはなるんよ。

もちろんね、突っ込まれたカップルには災難やろうし、悪いと思っちょうよ。でも、こっちだって生活かかっとるし、やめるわけにはいかん。だってメシが食えんと死んでしまうやんか。やからね、仕事と割り切って、もう余計なことは考えんようにしとるよ。それにね、こんなイイ歳した中年の変態をね、「いい仕事をするヤツや」って、よんでくれるモノ好きがおるんよ。好きもんやなと思うけど、ありがたいことよ。そういう連中のためにも、頑張らんといかんと思う。やからね、今日も突っ込んだろうと思うんちゃ。メチャクチャにしてやろうと思うんちゃ。突っ込んだあとはどうなるか知らんけど、まぁ、どうにかなるやろう。そうそう、これは俺が思うことなんやけど、ちょっとくらい取り返しのつかないことが起きても、なんとかなるもんなんちゃ。まぁ、ならんときもあるけどね。

それじゃあね、そろそろ仕事が始まる時間やから、服を脱いでね、裸になって、そんで突っ込みに行ってくるわ。今日も仕事《じごく》が俺を待っとるんちゃ。

たとえば大学の図書室で性行為を始めんとするカップルがいたとする。彼女は躊《ため》躇《ら》うが、作家でもある彼氏は「今の気持ちを物語にして書きたい」と言う。すると同じく作家の彼女は「なら最後までしよう」と答える。そこに軽トラで突っ込む仕事をおじさんはやっとる。本当は公務員になるべきやったんよ山崎啓子《やまざきけいこ》は、大人しく、優しく、誰もが認める常識人だ。ただし引っ込み思案なところがあり、よく周りから「もっと自分の意見を言っていいんだよ」と言われている。欠点らしい欠点はそれくらいだが、当の啓子本人は、その点を短所だと捉《とら》えていなかった。たしかに言いたいことを我慢して、嫌な気分になることはある。けれど自分が少し我慢するだけで、その場が上手《うま》く回るのなら、そっちの方がいいと思った。それに「嫌な思い」なんて、ほとんどは二〜三日も経てば忘れてしまう。そうやって大学二年生になるまで生きてきた。これまでの人生で大きな問題に出くわすこともなかったから、この先も今の感じで生きていって、問題ないと思っている。

ただし啓子は今、「嫌な思い」を我慢するよりも、はるかに厄介な悩み事を抱えていた。何故だか最近、あの「うまかっちゃん」が美味《おい》しくないことだ。

うまかっちゃんとは、九州《きゆうしゆう》を中心に西日本で流通している豚骨味のインスタントラーメンだ。豚骨ラーメン好きの九州人の舌に合うように研究・開発されたもので、ちぢれ麺《めん》にスープと後乗せの調味オイルが絡み合い、絶妙なハーモニーを作り出す。そこらのお店のラーメンより美味しく、九州の人間にとっては魂の味である。いつ、いかなる場所で食べても美味《うま》い。それがうまかっちゃんだ。

啓子は九州出身であり、当然うまかっちゃんも大好物だった。茹《ゆ》で時間は短めの一分半。お気に入りのトッピングは、紅ショウガとメンマと焼き豚。もちろんスープは絶対に一滴も残さない。スタンダード版がベストで、比較的新製品の「濃厚新味」が二位につけている。小学生の頃は土日のお昼に食べ、中高生になると勉強の夜食や、友だちの家での外泊のお供になった。啓子の人生で常に隣にある、最良のパートナー。それこそがうまかっちゃんだ。

そんなうまかっちゃんと、心の距離ができてしまった。

何故だか最近、うまかっちゃんが美味しくないのだ。インスタント麺だから味が変わるはずがないのに、味が薄いように感じてならない。お湯を少なくしたり、普段より濃く作っても、今ひとつ何かが足りない気がする。

「どうして最近、うまかっちゃんが美味しくないんだろう?」この悩み事は厄介だった。うまかっちゃんとは人生を共に歩んできた。人生の相棒が、人生の支えが、変わってしまった。「何故? どうして?」悩んでしまって、どんな時も頭から離れない。

啓子は悩み事を忘れようと図書室にやってきた。しかしうまかっちゃん不味《まず》い問題にばかり考えがいって、本の内容が頭に入ってこない。今は『三国志』を読んでいるのに、「曹操《そうそう》が早合点で一家を皆殺しにした。けれど、それはさておき、何故うまかっちゃんが美味しくないんだろう?」そんなことばかり考えてしまう。これでは読書の意味がない。

啓子は図書室から出ようとした。そのとき、

「好きだ!」

と女子の声が聞こえた。続けて、

「オレだって好きだ!」

と男子の声がした。

啓子が「何事?」と確認すると、同期の永森悠李《ながもりゆうり》と、倉川美菜《くらかわみな》が立ち上がっていた。

永森悠李は、大学二年生で、啓子の同期であり、紙の小説を二冊も出版している作家でもある。一冊目は高校生の時に書いた『ライク・ア・ローリング・ティーンスピリット』、二冊目は今年になって出た『ありふれたボクらに花束を』。啓子は一応、両方とも読んでみた。どちらも高校を舞台にした少年少女の群像劇で、前者はクラスメイトが自殺してクラスが団結する話で、後者はクラスメイトが自殺してクラス全体が疎遠になる話だ。啓子の感想は「ああ、こういうのね」以上でも以下でもなかったが、世間ではそれなり売れている。ただ本人は小説家と呼ばれるのは嫌いで、

「小説家と呼ばれるのは抵抗がありますね。面白いことができれば、媒体は小説じゃなく

てもいいと思っているから。僕はコンテンツ・クリエイターなんです。とにかく面白いことやりましょうよって、そんな感じでやってますね（笑）。ヤバいものを作れれば、なんでもOKみたいな」

……と、聞いたこともないネット・メディアのインタビューで語っていた。最近も歌い手や絵師とコラボレーションして、自分の書いた短編小説をベースにした『綺麗《きれい》』という曲のミュージックビデオがそこそこバズった。ただネット上では曲調やらミュージックビデオの雰囲気やら、すべてがYOASOBIのパクりすぎるだろうとも叩《たた》かれたが、悠李本人と仲間たちは「YOASOBIさんのことはリスペクトしていますし、その影響から逃れることは不可能です」と、褒めてんだか開き直ってんだか分からないコメントを出し、存在その物がそこまで注目されていないことも相まって、本格的に燃えることなく乗り切った。

そんな悠李の彼女である倉川美菜は、SNSのインフルエンサーだ。「ココロ ミーナ」と名乗って、顔出しの動画で活字／漫画のレビューをやっている。彼女の発言は実際の本の売れ行きに影響を（軽微ながら）及ぼすという。最近はインフルエンサー仲間との集合写真や食事の画像を上げたり、社会問題を取り上げたり、活動の幅が広がっており、何だかんだでInstagramもX（旧Twitter）も10万人くらいのフォロワーがいる。そして時おり彼氏の悠李を引っ張り出してInstagramで独占ライブ配信インタビューを行う。この独占インタビューは週一の頻度で行われていて、永森悠李とココロ ミーナ（美菜）の二人が恋愛関係にあるのは、視聴者のあいだでは周知の事実だ。カップル系の動画配信者という側面もある。

そんな二人が、突然に図書室で愛の告白を始めたのだ。「何で急にそうなった？」と啓子は聞き耳を立てる。しかし、会話を続けるのではなく、悠李とココロ（美菜）はキスを始めた。二人が抱きしめ合って唇を重ねた瞬間、啓子は心臓がドキリとして「マジかよ」と呟《つぶや》いた。二人は何度もキスをして、やがて、

「見てる人がいるよ」

そう言うココロ（美菜）に対して、

「構うもんか」

悠李が答えるのを、啓子はしっかり聞き取った。と言うか、図書室全体に響くほど、デカくて力強い答えだった。

啓子は内心で「迷惑だなあ」と思いつつ、同時に「でも、いい光景だ」と思った。誰かに見られているのに、普通なら躊躇《ちゆうちよ》する状況なのに、「構うもんか」と夢中で愛を確かめ合うカップル。素敵な光景だ。というか羨《うらや》ましくすらある。

啓子には彼氏がいた。難波《なんば》辰雄《たつお》という男で、大学の同期だ。イカつい名前に反して、真面目で、穏やかで、本を愛する優しい男だ。趣味も合うし、常に物腰柔らかで、自分が何

か失敗をしても、笑って許してくれる。いい人だと思うし、大好きだ。けれど不満もあった。彼は決して、今目の前で起きているようなことをしない。誰かに見られていても「構うもんか」とキスはしてくれないのだ。素直で優しいけれど、奥手すぎる。こっちが一歩引いたら、そのまま一歩引く。そんな態度は悪くはないが、時には前に踏み出して欲しいと思ってしまう。不安になる。自分に魅力がないのかなと。本当にこの人は、自分のことが好きなのかなと。

啓子が自分の彼氏への不満について思いを馳《は》せるあいだも、悠李とココロ（美菜）は激しくキスを続ける。周りにはけっこうな人数の学生がいるのに、まるで誰もいないかのように。

そして、

「昨日はごめん」

悠李が謝ると、ココロ（美菜）は笑って尋ねる。

「何で今なの？」

「今じゃなきゃダメだと思ったんだ」

「謝るなら早く謝ってよ。昨日の夜にさ」

「あの時は、オレも折れちゃダメだと思ったんだよ」

「何それ？」

「でも、気づいたんだ。オレのプライドや、クリエイティブ・マインドなんかより、美菜の方がずっと大事だって。美菜よりも大事なものなんて、この世にないんだって」

「もう、何それ」

ココロ（美菜）が笑う。悠李も笑う。

啓子は何となく事情を摑《つか》んだ。どうやら二人は昨夜にケンカをしたらしい。そういえば、最初に図書室に入ってきたのはココロ（美菜）だけだった。彼氏とケンカをして、一人になりたくてここに来た。そこに彼氏が追ってきて、ケンカの件を詫《わ》びて、愛を確かめ合うためにキスをした。啓子はますます素敵な光景だと思った。

そのとき、悠李が言った。

「でも、これだけは分かってほしいんだ」

「何？」

「オレが同年代のクリエイターと絡むことを、余計に勘ぐらないで欲しい。オレの彼女はお前だけだ。眼球舐子《がんきゅうなめこ》さんとは、純粋な、クリエイティブのために付き合ってるんだ。オレは眼球さんは天才だと思ってる。あの子はまだ幼いところがあるから、まだオレがあれこれ教えないといけないけどね。オレらが組めば、世界にだって届くような素晴らしくクリエイティブなものを届けられるはずなんだ」

啓子は思い出す。ガンキュウナメコ？　何か聞いたことある。えっと……ああ、そうだ、歌い手の人だ。でも、たしか高校の一年か二年だったような?

「でも、眼球舐子が裏垢《うらあか》のペロペロオメメの方で、悠李のことが好きだって言ってたよ。ココロのこと、ウザイって言ってたよ」

「あれはなりすましだよ。ちゃんと眼球舐子さんに確認を取った。何なら今から連絡をとって、確かめたっていい。オレらは、そういうのじゃない。本当にストイックで、純粋で、クリエイティブな仲なんだ。お互いをリスペクトしているし」

啓子は嫌な予感がした。同時に悪口が体の奥から湧いてくる。悠李の言い分が、浮気をしていない証拠にこれっぽっちもなっていないからだ。「いや、本人に裏垢じゃないって聞いたって、それ証拠になんないじゃん。っていうか高校生と浮気? マジで? 犯罪じゃないの? 何をクリエイトしてんだよ?」というようなことが浮かんできたが、わざわざ口には出さない。

「……分かったよ。悠李、キミはクリエイターだもんね」

「分かってくれて嬉《うれ》しいよ、美菜。それでこそ、クリエイター、ココロだ」

ココロ(美菜)が笑って、もう一度、今度は彼女からキスをした。

「その代わり、また二人きりで独占インタビューさせてね。私とキミの声を、私とキミの話を、楽しみに待ってくれているココロニアン(美菜のファンの総称)がいっぱいいるんだ。私たち二人を応援してくれてるココロニアンのためにも、私たちの声をちゃんと二人で届けなきゃだもん」

啓子は「ほう、できるな」とココロ（美菜）のしたたかさに舌を巻いた。先ほどから「二人」「私たち」を強調して、暗に圧力をかけている。ココロ（美菜）の言葉からは、自分から離れる気ならば、すべてを表沙汰《おもてざた》にしてやるという強い気持ちが感じ取れた。ココロ（美菜）は悠李の浮気疑惑をまったく許していないのだ。ココロ（美菜）は口調こそ穏やかだが、完全に悠李を脅迫している。

「いいよね、悠李？」

「ああ、もちろんだ」

ココロ（美菜）が念押しすると、悠李が笑った。するとココロ（美菜）も笑顔になって、

「分かるよね。私だってクリエイターなんだもん」

「ああ。お前もオレも、クリエイターだ」

そして二人は笑い合う。啓子には少しずつ「クリエイター」という言葉が何かの隠語に聞こえてきた。

そのとき、どすんと大きな音がした。悠李が机のうえに、ココロ（美菜）を押し倒したのだ。さらにそのまま、二人は激しく求めあう。セックスを始めた。

啓子は「あれ？　私って死んでたんだっけ？」と思った。自分は既に死んでいて、幽霊になっていて、周りから見えないのだ。だったら二人が自分の目の前でセックスを始めて

も何らおかしなことはない。いわゆる逆『シックス・センス』。他の図書室を使っている学生らも、みんな死んでいるのだろう。

「ここで?」

ココロ(美菜)が尋ねる。

「ああ、ここでだ。美菜、嫌か? 今すぐ始めないと、この心に芽生えた衝動が、霞《かす》んでしまいそうなんだ。一生、忘れられないセックスにしたい。いや、きっとそういうセックスになる。ここでやめたら、一生後悔すると思うんだ」

「嫌じゃないけど……今じゃなきゃダメなの?」

「ああ、今すぐ。オレは、この気持ちを物語にしたいんだ」

「そういうことね。キミって、やっぱり頭のネジが外れてる、いいクリエイターだよ。だったら最後までしなくちゃ」

「はは、そう言う美菜も、頭のネジが外れてる。やっぱりお前もクリエイターだ」

「でしょっ? その代わり、ちゃんと書くこと」

「ああ、オレ、次はオレとお前の物語を書くよ。オレらみたいに、クリエイティブなことに悩んで、ぶつかって、それでも乗り越えて創作を続けていく、そんな素敵な最高にイカレた恋人たちの物語を、オレは書くよ」

「それ、すっごく嬉しい! 最初に読ませてね!」

啓子は腹の底から「言ってることがサッパリ分からん！」と叫びそうになった。けれど黙っておいた。どうせ自分は幽霊だ。見えていないのだから。怒鳴っても無駄だ。すると、

「おい、お前ら。出ていけよ」

悠李が言った。何かの間違いだろうか？　幽霊を怒鳴るなんて。

「今の、オレらの話、聞こえただろ。さっさと出てけよ。今からオレたちはクリエイティブなことをするんだ。お前らがいると、集中できねぇんだよ」

二度目。間違いではなかった。悠李の言葉は、この図書館にいる自分たち全員に向いている。自分たちは死んでいない。生きていて、確かにここに存在している。

「出てって。っていうか、普通に考えたら、分かるでしょう？　ここから先は、クリエイター以外は、一般人は、立ち入り禁止だよ」

ココロ（美菜）も言った。

その瞬間、啓子の中で再び「死ねよ」という言葉が喉《のど》まで出かかったが、ギリギリのところで飲み込んだ。自分に言い聞かせる。いけない、二人の行動は、愛ゆえの行動だ。ついさっき、自分は二人のキスを祝福したじゃないか。まぁ、高校生と肉体関係疑惑のある悠李は、ある種のクソのように見えたけれど。

悠李とココロ（美菜）に言われるがまま、図書室の利用者たちが出ていく。みんな分かっている。ここは出ていくのが正しいと。

啓子は考える。まさに今が、そういう時だ。これまでと同じじゃないか。自分は少し嫌な思いを抱えるが、その代わり場は丸く収まる。二人が堂々と図書室でセックスするのは、明らかなマナー違反だが、みんなが黙ってここを出ていくのなら、あえて反論する必要はない。

啓子は退室する列に加わった。列を形成している者たちは、雨に降られたような「しょうがないよ」「こういう日もあるよね」という薄《う》っすらとした笑みを浮かべていた。悠李やココロ（美菜）とは違う、大人の顔だ。その余裕ある呆《あき》れ顔を見ると、啓子はこの列に加わることが、正しいと感じた。

けれど、その一方で、啓子は心の奥底から湧き出て来る気持ちがあった。それは純粋無《む》垢《く》な疑問だった。自分たちが出ていくのが、本当に正しいのか？

改めて周りを見る。図書室から出ていく人々を。誰一人として納得はしていない。ただ大人の対応をしているだけだ。何もせずに厄介事を避けたいのだ。たとえ自分が、ほんの少し嫌な気持ちをしても。みんな自分と同じだ。問題ない。自分だって同じはずだ。なのに今日に限って、抑えられない気持ちが噴き上がって来る。それは、

「死ねよ。ここ図書室だぞ。セックスしたけりゃ家でやれ」

そういう気持ちだ。啓子の頭で疑問が渦巻く。なんでこんなにイラついているのだろう？　うまかっちゃんを美味しく食べられていないせいだろうか？　彼氏の辰雄との関係

に悩んでいるせいだろうか？　たった一滴の水滴でも、表面張力ギリギリのコップに落ちたなら、それはコップを溢《あふ》れさせてしまう。怒りと疑問が啓子の足首を摑み、そして図書室から出ていく群れから、彼女を孤立させた。

二人の前戯でガタガタと揺れていた机が静かになった。

図書室から出ていく人々が足を止め、薄っすらとした笑い声が消えた。

すると悠李が勃起《ぼっき》した逸物《いちもつ》を誇示しながら言った。

「そこのお前！　早く出ていけって！　聞こえないのか⁉　オレたちのクリエイティブを邪魔すんじゃねー！」

「死ねよ。ここ図書室だぞ。セックスしたけりゃ家でやれ」

啓子はそうハッキリと口に出した。直後「やっちまった」と思った。その瞬間、
グォオンバギバギ……！

異常な音が聞こえた。そして啓子は見た。軽トラが窓を突き破って図書室に突っ込んできたのだ。白い車体に真っ赤なナンバープレート。刻まれた数字は６６６、悪魔の数字。そして軽トラは悠李とココロ（美菜）をスーパーボールのごとくパパンっと撥《は》ね飛ばした。信じがたい光景だが、現実だ。啓子の目の前には確かに軽トラがある。

やがて運転席のドアが開き、一人の中年男性が現れた。頭頂部がハゲかけて、だらしがない体形をしている。しかも全裸だった。男性器があまりに小さく、陰毛にすっぽりと隠

れてしまっている。そして今しがた人を撥ねたばかりなのに、落ち着いた、やさしい表情をしていた。啓子はその姿に修学旅行で見た仏像を重ね合わせた。

するると軽トラ男は、啓子を指さして、

「そこのお前、言わんとダメぞ」

啓子はワケが分からず「何をです？」と問う。軽トラ男は答えた。

「我慢ばっかしよったら、メシが不味くなる。味がせんくなる。そんでメシが不味くなったら、人生が嫌になるんちゃ。おじさんも経験があるからね」

啓子はワケが分からなかった。しかし同時に、図星だった。自分は今、メシが不味くなっている。しかし何故、目の前の変態は、私がうまかっちゃんを美味しく食べられないことを知っているのか？

「あなた、何なんです⁉」

啓子が怒鳴ると、軽トラ男は答えた。

「そういう仕事なんよ。これが、おじさんの仕事やから。嫌な仕事やけど、仕事やから。やらんといかん。それにね、やり甲斐《がい》も少しはあるんよ」

男は運転席に戻った。エンジンの音が響く。軽トラは走り去っていく。

啓子も、図書室にいた人々も、全員が固まったまま、軽トラを見送った。けれど「ほげ〜〜」という悠李だかココロ（美菜）だか分からない呻《うめ》き声が響くと、皆が一斉に「大変だー！　二人の体が、一部合体してしまっているぞ！」と悲鳴を上げた。

啓子は二人に駆け寄った。幸いにも、二人は生きていた。全身あますことなく、曲がってはいけない方向に曲がっているが、元気に苦悶《くもん》していた。啓子は救急車を呼んだ。

救急車を待つ間、啓子は少し気まずかった。「死ねよ」と言った途端に、二人が撥ねられたのだ。変わり果てたその姿を見ていると、「何もここまで酷《ひど》い目に遭わなくても……」とも思った。命は尊いものだ。どんな人間にも生きる権利がある。こんな二人にだって、大切な人たちがいるだろう。この二人の遺族……いや、まだ生きているから親族か……親族や友人たちは、どれだけ沈痛な面持ちになることだろうか。耐えがたい悲しみがあるはずだ。

そんな理屈で、気まずかった。しかし、それはそれとして――。

「ＯＫ、なんかすっきりした」とも思った。

救急車を見送り、警察署でお巡りさんと話をした後で、啓子は家に帰った。

帰り着くと午後十時だった。一人暮らしのアパートの前で、彼氏の辰雄が待っていた。

啓子を見るなり、辰雄が抱きついてきた。そして辰雄は「良かった、無事で良かったです」と泣いた。啓子も辰雄を抱きしめて、自分からキスをした。キスしたかったし、今だと思ったし、もう待っていられなかったからだ。

そのまま二人は部屋に入って、玄関先で倒れ込んだ。そのまま夢中でキスをして、辰雄は「ここでいいんですか？」と言ったが、「ここでいい」と啓子は答えて、セックスをした。

すべて終えると、日付けが変わっていた。ド深夜だけど、新しい一日の始まりだ。

「お茶でも飲みましょう」と辰雄が言った。二人は服を着て、テレビをつけて、クリーム色の丸テーブルに冷えた麦茶の入ったコップを並べた。テレビをつけると、大学に突入した軽トラのニュースをやっていた。

ニュースを見ながら、啓子は目の前で起きたことを話した。悠李とココロ（美菜）のケンカとキス、それに憧《あこが》れた自分。そしてセックスを始めた二人に出て行けと言われて、「死ねよ」と言ってしまったこと。その途端に軽トラが突っ込んできたこと。軽トラ男が、何故か自分の悩みを知っていたこと。最後に、自分が最近うまかっちゃんが不味いと悩んでいること。すべてを聞き終えた辰雄は、まず「心配をかけて、ごめんなさい」と謝った。

次に、

「悠李と、あのココロ（美菜）って、そんな酷いことしてたんですか⁉　そりゃ誰だって『死ねよ』って思いますよ！　逆にみんな、何で我慢して、普通に出て行こうとしたんですか⁉」

辰雄がそう言った後、間髪を容《い》れず、

「だよね⁉」

啓子はそう答えた。何も考えず、反射で出た答えだった。そして「だよね!?」と言った途端に、啓子は猛烈に腹が減ってきた。不意に、あの軽トラ男が言ったことを思い出した。

「我慢ばっかしよったら、メシが不味くなる」

啓子は気が付いた。うまかっちゃんを不味くしていたのは、自分だった。だとしたら、きっと今なら。

予感は当たった。その夜に啓子が辰雄と作って食べたうまかっちゃんは、しっかりと味がして、いつも通りの大好きなうまかっちゃんだった。


それから少し経って、無事に退院した悠李はトラックに突っこまれた体験を元に『衝突』という小説を出して、そこそこ売れた。けれど眼球舐子を入院中に病院へ連れ込んでセックスしたこと、さらに一回の行為につき現金一万二千円のやり取りがあったことが発覚し、ネットから姿を消した。

ココロ（美菜）は同じく『さよならイノセンス—ココロの告白—』という悠李との日々を暴露するフォトエッセイ本を出したが、前半は眼球舐子と悠李を罵倒《ばとう》し続け、後半から日本は謎の組織に支配されているという突然の陰謀論をブチ上げたせいで、まったく売れなかった。

眼球舐子は高校卒業を機に、素人参加系の格闘技の大会に出るそうだ。名前を

SHOCK=EYEとあらためて。

そして啓子は、就職活動を早めに始めた。不安もあるし、忙しい。しかし、辰雄との関係は上手くいっているし、何よりうまかっちゃんは相変わらず美味しい。だから今のところは問題ないと思っている。

仮に自称天才の美術部部長と、彼女を慕う後輩がいたとする。ある日、挫折《ざせつ》した先輩が私には才能がないと嘆くが、そんな悲しいことは言わせないと、後輩は彼女を励まし、勢いで好きだと告白する。そこに軽トラで突っ込むような仕事をおじさんはやっちょる。もうファミマのハムカツしか友だちがおらんのよ

♡

「高校二年生の夏休みは、人生で一番楽しいぞ」

日暮来斗《ひぐらしらいと》は周りにそう聞いていたけれど、実際になってみると「楽しくない」と思った。夏の通学路を汗だくで歩いているときは、特にそうだ。暑さで沸いた頭は、そのくせ的確に楽しくないことばかり浮かび上がらせる。

受験や将来という大きな壁が薄《う》っすら見え始め、一度でもそれを意識すると……もうダメだ。色々な心配事が勝手に飛んでくる。

どんな大人になる？　何を仕事にしたい？　そのためにどこの大学を受ける？　将来の夢は？

悩み事は矢継ぎ早に飛んでくる。辛うじて答えられるのは将来の夢だ。「絵を描く仕事に就けたらイイな」とは思う。でも、この年齢になると、それが非常に難しいとも分かる。これが高校二年生だ（一年生の頃なら根拠のない自信と世間知らずゆえに「なれる！」と無邪気に思えただろうけど）。この調子じゃ三年生は思いやられる。もっと楽しくない夏休みになるだろう。

悩み事の嵐吹き荒れる頭を抱えたまま、来斗は学校に辿《たど》り着いた。大きな溜息《ためいき》を吐いて、メガネを外して汗を拭《ふ》く。徐々に頭の中から悩みが消えていく。

来斗は所属する美術部の部室へ向かう。部室とは美術室のことで、冷房が効いていて、漫画もある。夏休みは勝手に入ってよくて、夜の七時まで使ってOKだ。自宅のように朝の五時からドタバタ走り回る六歳の妹もいないし、何かと気を揉《も》み、あれこれ口を出してくる両親もいない。そして何より、あの人がここにいる。

「おはようございます」

来斗がそう言って美術室の扉を開けると、いつもと同じ背中が見えた。小さな猫背。校則通りの夏服。天然パーマの髪の毛を後ろで一つにまとめ、日焼けしたおでこが眩《まぶ》しい。丸顔に丸い目は、どこか外国の猫っぽい。そんな彼女は来斗に気づくと、カラッとした笑顔で答えた。

「おーっ、来斗クン！　おはよう！」

八隅《やすみ》美鈴《みれい》、三年生で美術部部長だ。

「おはようございます。先輩は今日もデッサンの自主練っスか？」

「その通りだよ、来斗クン。昼まで自主練だ。私ったら、天才のうえにちゃんと努力もするから、そこらの天才とは違うのだよ」

美鈴は芝居がかった口調で言ったあと、ガハハハと笑った。つられて来斗も笑う。

「さすがっスね、先輩は」

「そうだろう？　こうして今日も偉人への道を歩いているわけだ」

美鈴はイーゼルに立てかけた愛用のスケッチブック、そして正面に立つミロのヴィーナスの石膏像《せっこう》へ視線を戻す。来斗は美鈴が描いている石膏像のデッサンを見て息を呑《の》んだ。また絵が上手《うま》くなっていたからだ。それを見て素直に思う。「やはりこの人は天才だ」と。

美鈴は堂々と天才を自称しているが、来斗は彼女にはその資格があると思っていた。来斗が通っているのは、田舎の公立高校だ。生徒は少なく、部活は総じて弱い。美術部も同様で、部員は六名。その部員も幽霊部員か、兼部の漫研の方で熱心に活動している者ばかりで、美術部一本でやっているのは来斗と美鈴しかいない。そんな弱小美術部には似合わない、飛び抜けた才能の持ち主……それが美鈴だ。実際、県の大会で入賞したこともある。

そして来斗は、美鈴の一番のファンだった。来斗も昔から趣味で絵を描いていて、それなりに自信があった。美鈴に初めて会った時は、その芝居がかった口調に「痛々しいキャラの人だな」と思ったけれど、彼女の描く絵を見たとき、世界が裏返るような衝撃を受けた。痛々しいと思った口調すら「こんな絵が描ける人なら、こう喋《しゃべ》ってもいい！　むしろ、こう喋るべきだ！」と納得できた。

来斗が特に好きなのは、美鈴が描く風景画だった。決して写実的ではないが、「美鈴の絵」と一発で分かる個性があった。普段の大げさな態度とは正反対の、丁寧で穏やかな色使いも好きだった。けれど、もっと好きなのは……雑草や苔《こけ》、ポイ捨てされた空き缶、何故かそんなものを克明に描いていたことだ。空、山、海といった大きなテーマを扱っていても、そういう美鈴が好きなもの（何故そんなものが好きなのかは分からないが）が、時に主題以上に目立っていた。来斗は、これが美鈴の個性なのだと思った。美鈴には世界がこう見えている。いわば美鈴のまなざしだ。来斗はそんな美鈴のまなざしが大好きで、それが彼女の天才たる理由だと思っていた。

そして美鈴は三年の春になってから、画塾へ通い始めた。美鈴は将来、画家になりたいと宣言している。東京の美大へ行くため、毎晩遅くまでデッサンの連中をしているのだ。日々確実に上達しているデッサンは、努力の賜物《たまもの》だろう。

しかし一方で、少しの寂しさもあった。来斗が思うに、やはりデッサンというのは正確さが命だから、あの大好きな美鈴のまなざしが感じられない。写真のように精密だけど、やはり美鈴の絵なら風景画の方が自分は好きだ。そう思った。

しかし、それはそれとして……。

一生懸命にデッサンに励む美鈴の姿を見ていると、来斗は先ほどまでの悩んでいた自分を思い出して、急激に恥ずかしくなってきた。目の前の先輩は夢を持って、懸命に努力し、結果を出している。……で、自分は？　絵を描く仕事に就けたらイイと思っていながら、何か努力をしているだろうか？

「先輩、また上手くなってますね」

来斗は、ひとまず美鈴に思っていることを伝える。すると美鈴は立ち上がり、

「ありがとね。そう言ってもらえると嬉《うれ》しいよ」

深々とおじぎをした。その途端、来斗は居ても立っても居られなくなった。目の前にいる人は、天才で、努力をしていて、おまけに礼儀まで完璧《かんぺき》なのだ。そんな人と一緒にいるのに、自分は何もしていない。何かしないと、カッコがつかなすぎる。

「僕も描いていいですか」

来斗はそういって、美鈴の隣に座った。そして同じくヴィーナス像のデッサンを描き始めたが、すぐに一か所が崩れた。すると他の箇所はもっと大きく崩れて、あっという間にグニャグニャのデッサンが出来上がっていく。

一方の美鈴は、黙々と影を入れて、美しいヴィーナスを仕上げていく。それを見ていると来斗は、また無性に恥ずかしくなってきた。部屋には美鈴と自分しかいないが、誰かに自分の才能不足、努力不足を嘲笑《あざわら》われているようだ。

「僕、やっぱ先輩みたいには描けないですよ」

そう言って来斗は、鉛筆を置いた。

美鈴は一瞬だけ手を止め、「まぁまぁ」と曖昧《あいまい》に笑ったあと、

「来斗クン。きみがその気なら、今から本格的に勉強してみればイイんじゃないか？　将来、美術系に進みたいなら、勉強するのは早いに越したことはないぞ」

美鈴の提案は、その通りだとも思った。けれど来斗は、答えられなかった。

「いや、僕には無理ですよ。先輩みたいに才能ないですもん」

すると美鈴はスケッチブックではなく、まっすぐに来斗を見た。

「そんなことないよ」

一言だけ呟《つぶや》き、美鈴は再びスケッチブックに目線を戻した。

来斗は鉛筆を再び手に取った。やはり最後まで描こうと思った。自分には才能がないが、この人の前で諦《あきら》めて手を止めるのはカッコ悪い。

そして正午になると、美鈴は身の回りを片付け始めた。スケッチブックやら大きな水筒やらを詰め込んだリュックを背負って、一時間ほど電車に揺られて街の画塾に行く。そして夜の十時まで絵を描き続ける。

「じゃーね、来斗クン。高二の夏休みだ、有意義に過ごしたまえよ」

美鈴は部室の扉に手をかける。来斗は「はーい」と返事をする。すると、

「またな、来斗クン」

美鈴は振り返って、笑顔で手を振る。

「またねっス、先輩」

来斗も手を振って応える。

そして美鈴が部室から出て行くと、来斗の胸がグッと熱くなった。「またね」と言えることが嬉しくてたまらなかった。

来斗は美鈴のことが好きだった。彼女の描く絵も、絵に対する真剣な姿勢も、事あるごとに「私は天才だ！」と断言する芝居がかった態度も、互いに笑い合いながら話をする時間も、すべてが大好きだった。

「先輩、あなたが好きです」

誰もいなくなった美術室、来斗はそっと声に出す。途端に恥ずかしくなる。ジタバタしたくなる。何やってんだと自分でも思う。この持て余している気持ちを、今すぐにでも伝えたいけれど、一歩進めば、そのせいで今の関係が壊れる恐怖がある。それに、どう転ぶにしても一番イイ形で告白をしたい。それは……。

来斗は空想する。桜の舞い散る大学の合格発表会場だ。

「さすが私だろう！　来斗クン！」

「すっげー！　さすが先輩っス！」

そうやっていつも以上に二人で笑い合う。その時が、告白するべき時だ。その光景を思い浮かべると、頬が真っ赤になって、ゆるむだけゆるんだ。

来斗は大きく伸びをする。崩れたヴィーナスが描かれた自分のスケッチブックに向かう。

そして三時間ほど描いたが、やはり鉛筆を置いた。紙の上の見るも無残なヴィーナスを、見つめ続けることに耐えられなくなったのだ。

「やっぱ才能ないな、俺」

来斗は大きく伸びをした。そして本棚から一冊、何度も読んだ『賭《と》博《ばく》黙示録カイジ』を手に取ると、クーラーの温度を三度下げた。

♥

「この目の、何が悪いんだろう？」

画塾へ通う電車に揺られながら、美鈴は呟いた。誰にも聞こえない小さな声だ。もっとも、外は見渡す限りの緑の山で無人、中は田舎すぎて無人だ。おまけに電車の揺れる音がうるさくて、美鈴の声をかき消す。

手鏡で自分の顔を見る。気になるのは、薄っすらできた目の下のクマでも、夏に入ってから少しだけやつれた頬でもない。瞳《ひとみ》だ。視力は裸眼で二・〇。自慢できる視力はあるけれど、それでもこの目は悪いんだ、そう思いながら自分の瞳を見る。

美鈴がこう思うのは、画塾の講師・広山藤太郎《ひろやまとうたろう》に、ずっとこんなことを言われているからだ。

「八隅くん、きみは目が悪いよ。ちゃんと物を捉《とら》える目を鍛えないと」

美大受験にはデッサンの実技試験がある。だから学校の美術の先生の助言で、受験対策に画塾に通い始めた。しかし、もう数か月間、何の成果もでず、おまけに広山講師から同じことを言われ続けている。「目が悪い」と。


入塾する前、美鈴は自分がこんなに躓《つまず》くとは思っていなかった。

二年生が終わるまで、美鈴は自分を天才だと信じていた。美大にポンッと受かって、画家になって、世界にその名を轟《とどろ》かせ、歴史に名を刻むのだ。ほんの数か月前まで、美鈴はそんな未来予想図を無邪気に信じていた。

ところが桜が満開の頃に入塾すると、早々にバラ色の未来を吹き飛ばして、巨大な壁が立ちふさがった。デッサンがまったく成長しない。毎日描きまくったが、広山講師から貰《もら》う点数が低いままだった。その点数が間違っていると思えれば楽だったのだろうけど、美鈴は審美眼をきちんと持っている。周りと比べて、自分のデッサンが拙《つたな》いと、自分でも納得できた。

そこで美鈴は、考えを改めた。

――悔しいけれど、私は天才じゃない。だから、努力しなくちゃ。

そう認めたのは、桜が散り終わってしまう頃だ。そして美鈴は広山講師に「どうしても

絵が上手くなりたいんです。どうすればいいですか？」と尋ねた。すると、

「何度か言ったけれど、きみは目が悪いんだよ」

変わらない答えが返ってきた。美鈴は聞く。

「それ、どういう意味なんです？　私、視力二・〇ですよ」

広山講師はズリ落ちた黒ぶちメガネの位置を直して、

「単純に視力って意味じゃないんだよ。きみは、観察眼が弱いんだよ。モデルの興味がない部分をイイ加減に見てしまっている。その点を鍛えないとダメなんだ」

「私、ちゃんと見てますよ。集中してますよ」

「いいや、見えてないんだよ」

広山講師は深く溜息をつき、沈黙を置く。やがて頭の中で言うことを整理し終えた合図のように「いいかい？」と美鈴に尋ねてから、続けた。

「人間はね、興味がないもの、嫌いなもの、見たくないものを、ビックリするくらい都合よく、いくらでも見ないふりが出来るんだ。今のきみもそうだよ。きみは観察が足りてないんだ」

急に話が大きくなったと美鈴は思った。そして納得できなかった。だって自分はデッサンを描くとき、何度も現物と絵を見比べて、ズレが出ないように描いている。あれだけやっているのに「観察が足りない」「集中していない」なんて。

「私は見てますよ」

反論したが、広山講師はアッサリと否定する。

「いいや、見ていない。今のきみは、描きたくないものをごまかしている。それがデッサンにも表れているんだ。無意識レベルの話だよ。その無意識のサボりを直すのが、勉強して技術を身に付けるということなんだ」

「サボり」この表現には腹が立った。恨めしさを語気と視線に込めて反論する。

「サボってません。ちゃんと見て、描いていますよ。昨日の課題の剥《む》いたミカンだって」

「ああ、あれね。良い部分もあったよ。でも『置かれているミカンの重心がどこにあるか？』とか『剥いた皮の水気は、どのくらいか？』とか、そういう細かい部分がサッパリ捉えてきれてなかった。ミカンに興味がないのが伝わって来たよ」

そして数秒の沈黙のあと、再び「いいかい？」と広山講師は続けた。

「八隅くん、きみは興味がないものが壊滅的に見えていない。そこが一番の課題だ。まずはこの課題をクリアすること。そのうえで、さらに、きみ自身の個性をデッサンでも表現できるようにならないといけない。そのためには、きみが興味のないもの、見たくないものでも、しっかりと見る『目』が必要なんだ。そういう目が備わらないうちは、デッサンは上達しない。何枚描いても同じだよ」

理解できなかった。自分はちゃんと対象を見ている。見て見ぬふりなんてしていない。

サボってもいない。広山講師の言葉は理不尽で、理解不能だった。そして、

「こんなに言われるなら、ひょっとして――」

その頃から、胸の奥に疑念が芽吹いた。


電車は揺れる。美鈴は手鏡をしまう。そして、あの広山講師とのやり取りから数か月、今や胸の中に隙間なく巣くった疑念を漏らした。

「私、諦めた方がいいのかな？」

その言葉を口に出した途端、頭の中で「諦めるべき理由」が組み上がっていく。

――広山講師が理不尽で、理解不能なことを言うのは何故だろう？　実は本音では、こう思っているんじゃないかな？「さっさとコイツ諦めてくれないかな。才能がないんだから。立場があるからハッキリとは言えないけれど。そろそろ察してくれよ」って。だとしたら全部が納得できる。広山講師は、私の絵を見るたびに溜息をつく。あれは面倒くさい時につく溜息だ。私だって、両親から家事を押し付けられたとき、ああいう溜息をつく。広山講師は私に教えることが面倒くさくて、テキトーなダメ出しをして。こっちが諦めるのを待っているんだ。

美鈴が降りる駅が近づいてくるが、それよりも絵を諦めるべき理由を組み立てることに夢中になっていた。

――講師だって仕事だ。教え子を有名な大学へ送り出して、画塾の外壁に「令和〇年度××美術大学　合格者△名達成」と貼り出せるように結果を出さなきゃいけない。広山講師だって、上司からそう言われているはずだ。結果を出せない生徒の指導なんて、時間の無駄だろう。このまま才能がない自分がいても、迷惑になるだけだ。私の存在は、広山講師には時間の無駄で、他の生徒たちにとっては雑音だ。才能がない私は画家は諦めて、新しい進路を探さなきゃ。だったら早くしないと、もうすぐ受験がやってくる。自分のためにも、画塾のためにも、早く諦めるべきなんだ。

電車が徐行を始める。降りるべき駅が見え始めるが、美鈴は動けなかった。足が電車の椅子と合体したみたいに重い。体はもう何もしたくないと訴え、頭は絵の道を諦める理由を考えることをやめてくれない。

――自分は才能がない。諦めた方が、みんな喜ぶ。自分のためにもなる。

理屈はすっかり成立した。でも同時に、確かにこうも思う。

――諦めたくない。私は絵が好きだ。デッサンの点数なんて、今からだって何とかしてみせる。

けれどその声は、すぐさま自分の大声に叩き潰《つぶ》される。

――「何とかしてみせる」って、どうすればいい？　そもそも才能がないのに。

アナウンスが聞こえた。ブレーキ音と共に、電車が止まった。停止時間は一分にも満たない。美鈴は思う。今すぐ立って、降りて画塾に行くんだ。やる気を出せ。他のことを、何でもいいから楽しいことを考えなくちゃ。

浮かんできたのは、来斗の顔だ。

――今日も、来斗はイイ顔してた。あんな男子には、初めて会った。今までの人生で、男子から「天パのチビ」以外の扱いを受けたのは初めてだ。女子からだって「絵が上手いだけの人」「変なキャラを作ってる痛い人」として扱われている。なのに来斗だけは、いつも真っすぐに自分を褒めてくれる。

けれど来斗のことを思うと、すぐに別の不安が生まれて来る。

――もし本当のことが来斗に知られたらどうしよう？　来斗は私を軽蔑《けいべつ》するだろうか。そりゃ当然するよ。だって私はウソをついていたのだから。天才だと言ったけれど、実際は平均以下の人間なんだ。それなのに来斗の前では威張っている。何でそんなことをするのか？　楽しいからだ。来斗の前で天才だと言うこと、来斗に天才だと言って褒められること、来斗と笑い合って過ごすこと。その時間が何より好きで、楽しいからだ。来斗と過ごす時間が好きで、来斗のことが好きでたまらないからだ。でも、私が本当のことを話したら、きっと今の関係は壊れる。そんなの絶対に――。

「それはやだ、絶対にやだ」

ハッキリと声に出す。その声は、電車の発車サイレンにかき消される。ドアが閉まり始めた。慌てて美鈴は立ち上がり、閉まりかけのドアから電車の外へ飛び出す。背負っていたバッグがドアに挟まれた。すぐさまドアが開き、車掌さんがマイクで不機嫌そうに「ドア閉まります」と言うと、美鈴は「すみません」と頭を下げた。

美鈴は駅から出て、画塾へと歩く。夏の日が刺すように降って来る。あちこちの肌が、陽の光でチクチクと痛んだ。

♡

その日も来斗は朝から通学路を歩いていた。ひと気のない通学路はいつも通り、すでに太陽に熱され、前方が蜃気楼《しんきろう》のように揺れている。そんな道を歩いていると、いつものことが頭の中で渦巻いた。進路。将来。自分はどう生きるべきか？　嫌になる。さっさと部室に行って、美鈴先輩に会おう。頭の中の、どんよりとした雲を払ってもらうんだ。そして午後まで話したら、昼から夕方までクーラーを全開にして、漫画を読もう。

そう思いながら歩いていると、来斗は不意に異様なものを見た。

道端に白い軽トラが停まっていた。ただしナンバープレートが真っ赤で、666としか書いていない。さらに運転席には上半身裸の中年男性がグーグーと寝ていた。そのうえ恐らくだが、男性は下半身に何も穿《は》いていないようにも見えた。

——あんな車で、公道を走っていいのか？　っていうか全裸じゃないか、あのオッサン。いくら暑いからって、日本はそこまで自由になったのか？

近寄ってはいけない。そう思って十分な距離を取り、軽トラの前を通りすぎる。その際にちらりと運転席を覗《のぞ》いたが、やはり運転席のオッサンは全裸だった。

人生で初めて直球の変質者を見たせいか、珍しく学校に着く前に将来への不安は薄れていた。下駄箱で上履きに履き替えると、いよいよモヤモヤは完全に晴れた。いつもそうだ。美鈴先輩に会える喜びは、何もかもを吹き飛ばしてくれる。おまけに今日は話しかけるネタがある。「変な軽トラを見ました。全裸のオッサンが乗っていました。変態です。よくないですね」

来斗は軽く咳払《せきばら》いをして、美術室の扉を開ける。

「おはようございます」

しかし、美術室に美鈴の姿はなかった。けれど机の上に広げられた彼女の荷物に気づく。飲み物の調達か、トイレに行ったのだろう。

ふっと来斗は、木製の画板二枚と、そのあいだに挟まれた十数枚の画用紙に気が付いた。画板の片方の表の面には、「八隅美鈴」と書いてある。

「画塾で使っているやつだ」

来斗は何気なく、画用紙の中の一枚を手に取った。いつも通り美鈴の画力に驚いて、感

心するだけだと思っていた。しかし、

「47」

そこにあったのは、確かに美鈴の描いたミカンの絵だった。抜群に上手い。けれど、その右上に赤ペンで書き込まれた、明らかに美鈴の字ではない数字がある。

来斗は画用紙をめくる。すべての絵の右上に「42」「50」「56」「59」「55」「58」……一番新しそうなデッサンは写真のような出来栄えだったけど、「57」と書き込まれていた。流れ作業で書いたような、崩れた数字だ。来斗は考える。この数字はなんだろう？　日付か？　何かの整理番号？　それとも……。

そして嫌なことを考え付き、来斗は「いやいや」と頭を横に振った。

――それはないって。こんなに上手いのに……。

「覗き見は良くないぞ、来斗クン」

背後からの声に、来斗は心臓が飛び出しそうになった。慌てて振り返る。

そこには、美鈴が立っていた。

「す、すみません。置いてあったから、何となく見ちゃって」

慌てる来斗を尻目《しりめ》に、美鈴は机に歩み寄り、画用紙を片付ける。

「そう動揺しなくてもよろしい」

美鈴は笑った。けれど来斗には、それがいつもの笑顔ではないと分かった。大好きな美鈴の笑顔とは似ても似つかない、無理やり作っている笑顔だ。

「やはり世間とは、厳しいものだよ」

美鈴が画用紙を整えながら、独り言のように続ける。

「画塾のみんなは、上手いんだ。私より断然ね。普通の三年生なら、80か90点以上が平均だ。なのに私は60点がやっと。何をやってんだろう、そもそも画塾にいるのが間違いなんじゃないかと、悩むこともある。いや、実際ね……とても悩んでいる。今も悩んでいるよ」

美鈴の肩が、かすかに震えた。そして視線を自分の絵から逸《そ》らして、窓の外へ移し、彼女は続けた。

「『できる！　私なら何とかしてみせる！　私は天才だから！』そう思ったけど、現実はそう甘くなかった。せめてもっと早く画塾に行くべきだった。学校の授業と受験が、こんなに違う世界だなんてね。通用しないよ、私じゃ」

来斗は何も言えなかった。何を言えばいいのか分からなかった。

美鈴は続ける。

「だからイイ加減ね、見切りをつけなきゃ」

美鈴が鼻水をすする。声も震えていた。そして来斗は、あることに気が付いた。彼女の心が、このままでは取り返しがつかないことになると。

「私には、才能が……」

「待ってください！」

来斗は叫んだ。何を言えばいいのか分からない。けれど何か言わなきゃ、止《と》めないといけないと思った。美鈴にそこから先のことを口に出してほしくなかった。それだけは言わせちゃいけない。

外からは運動部の掛け声が聞こえる。蟬の鳴き声と、裏山の木が風で揺れる音がした。普段は聞こえない夏の音が、二人を包む。

やがて、美鈴が震えた声で呟く。

「ごめん。変な話をして、ごめん」

来斗は何も答えられない。ただ必死で考えていた。何ができる？　何でもいい、何かをしなくちゃいけない。だって、僕は……。

ふっと来斗の頭の中に、冷静な自分が現れた。

――どうしてそんなに必死になるんだ？

すぐに答える。

――先輩が好きだからだ。先輩に泣いてほしくないからだ。

「先輩、僕は……」

来斗は喋りながら思う。今、この場で必要な言葉は、こうじゃないかもしれない。けれど他に何も思いつかない。自分は、なんて要領が悪いんだ。

「出会ったときからずっと、僕は先輩の絵が大好きです」

来斗はただ、思い浮かぶことを言った。

「誰が何をどう言っても、僕は先輩を天才だと思います。それに、僕は先輩の笑っているところが好きです。ずっと前から僕は……」

来斗は最後の言葉を飲み込む。しかし美鈴が驚いて顔を上げる。

二人の視線が合った。

そして来斗は、美鈴の顔をハッキリと見た。泣いていた。その瞬間に、彼の心の中から自然とその言葉が溢《あふ》れ出した。

「先輩に泣いてほしくないんです。僕は、先輩のことが……」

その時だった。

聞いたことのない異音がした。凄《すさ》まじく凶暴な車のエンジンの音も。窓の外からだ。来斗は、その音の正体を目撃した。異音の正体は、木が薙《な》ぎ倒される音だった。白い軽トラが木を薙ぎ倒しながら、裏山を滑り降りて来る。しかもハンドルを握っている人間がいた。それは五〇か六〇歳くらいの男で、おまけに全裸で……。来斗は気が付いた。さっきの軽トラと、さっきの変態のオッサンだと。

次の瞬間、軽トラは最高速度のまま、スキージャンプのごとく山から飛んだ。そして美術室に突っこんできた。ガラスが砕け散り、窓の鉄骨が悲鳴を上げる。来斗は叫んだ。

「危ない！」

ありったけの力で、来斗は美鈴を突き飛ばした。同時に来斗自身は、軽トラに思い切り撥《は》ねられた。たちまち全身に激痛が走る。しかし、その中で確かに、中年男の声が聞こえた。

「ごめんな。これがね、おじさんの仕事なんよ」

辛うじて声の主を見えた。運転席にいたのは、やはりさっき見た男性で、全裸だった。毛むくじゃらだが、頭髪だけが薄い。

軽トラの男は続ける。

「こんなことして、ごめんなぁ。でもよう、これでしか俺も食っていけんから。許してくれ。俺が好きなんはファミマのハムカツで、あの分厚いハムカツを頬張るために、やりたくなくても、こういうことをせんといかんのちゃ」

そのオッサンの言葉を聞くうち、来斗の全身の痛みが生涯最大の激痛に達した。一瞬で死ぬと確信できる激痛だ。全身を貫く痛みの中で、来斗は美鈴を捜した。

なおもオッサンは喋り続ける。

「お前らなぁ、ええカップルやから。生きてほしい。諦めることがあってもいいし、諦めないことがあってもいい。ただただ納得いく人生を送れよ。理不尽なことが多い世の中やから、せめて自分だけは満足しろよ。そうせんと、俺みたいにやりたくない仕事ばっかやって、人を傷つけて、ハムカツしか楽しみのない人生になるぞ」

目の前に、床に倒れ込んだ美鈴を見つけた。来斗は良かったと思った。最後に見るのが全裸の変態中年男ではなく、大好きな美鈴になった。一瞬、それで十分だと思ったけれど、すぐにダメだと思った。自分が死ぬとしたら、最後に美鈴に伝えておきたいことがある。

その言葉を伝えるために、来斗は自分のすべてを使った。心と体。何もかもを犠牲に、言葉を吐き出した。

「描いてください。先輩は、天才です。僕は先輩が、大好きなんです」

直後、来斗の目の前に広がる世界が、彼の心が、すべて揃って暗闇に飲まれた。

♥

来斗が「危ない！」と叫んだ。突き飛ばされた。そして美鈴が見た光景は、異様なものだった。目に入るすべてが、止まっていた。けれどよく見ると、すべてが止まっているようで、実際はゆっくりと動いている。

美鈴は、辺り一面を見渡した。

来斗が自分を突き飛ばしている。その後ろに軽トラが迫っている。

でも、分からないこともあった。どうして辺り一面を見渡すことができるのだろうか？

どうして時間がゆっくりと流れているのだろうか？

美鈴は次に、自分のことを考える。動けるのだろうか？　試してみるが、体のどこも動かない。目の前に広がる世界と一緒に、自分自身もゆっくりになっている。

けれど何故だか、考えることができる。さっきの来斗との会話を振り返ることもできる。それどころか生まれてから今日まで全部に思いを馳《は》せられる。それくらい時間が無限にあるように感じた。その瞬間、彼女は気が付いた。

人は死ぬときに、自分の一生を一瞬で振り返る。脳みそが時間を超越するほど高回転し、これまでの人生を詳細に一気見できるのだ。美鈴は理解した。それが今、起きている。

死ぬ。その事実を、美鈴は実感した。間違いないと思った。世界がゆっくりになるなんて、普通は起きない。けれど「死ぬ」なら話は別だ。こういうことだって起きるだろう。

美鈴は、今自分に起きていることが走馬灯の一種だと理解した。

死を実感すると同時に、声は出せないが、美鈴は心の中で叫んだ。

――やだよ！　まだ絵を描きたい！

その時になってようやく、美鈴は重大なことに気が付いた。

自分は死なない。美鈴は、既に来斗に助けられている。

来斗に突き飛ばされたおかげで、美鈴は軽トラから十分に距離ができていた。これなら自分は確実に助かる。ケガ一つしないかもしれない。

安心すると同時に、新たな疑問が浮かぶ。

——でも、来斗は？

美鈴は来斗をさらに見た。彼の背中を軽トラの前輪が轢《ひ》き始めていた。学校指定の白の半袖《はんそで》カッターシャツが車輪に巻き込まれていく。慌てて美鈴は、手を伸ばそうとした。来斗を引き寄せ、軽トラから遠ざけるために。

しかし、美鈴の体が動くことはなかった。手を伸ばすこともできず、ただ見ていることしかできない。

血の匂いが美鈴の鼻をついた。来斗の背中を軽トラのタイヤが走る。肉が裂け、真っ赤な血が噴き出す。その奥には真っ白な骨があった。すべてが詳細に見えた。

美鈴は吐きそうになった。むしろ吐いてしまいたかった。しかし吐くこともできない。目を背けることも。目をつぶることも、できない。

それでも美鈴は、拒絶した。目が逸らせないが、見ることを拒絶した。目の前で軽トラに撥ね殺される来斗を想うことも、拒絶した。

大好きな後輩が死んでいく。なのに自分は、助けることはおろか、表情を変えることすらできない。

これまでの人生で経験したことのない無力感が、美鈴の心を襲った。何もできない。だったら何もかもがどうでもいい。思考は止まり、ただ一つの気持ちが噴き出してくる。消えてなくなりたいという気持ちだ。それはコールタールのようにドロドロの鈍重な粘液を帯びていて、たちまち美鈴の心を真っ黒に覆い尽くしていく。

その時だった。

「描いてください」

来斗の声がした。今は体の六割が軽トラの下にある来斗が、そう言ったのだ。彼のその言葉だけはいつも通りに聞こえて、いつも通り優しかった。美鈴は確かに見て、確かに聞いた。いくら拒絶したところで、目を背けることはできないからだ。

来斗の言葉は続く。

「先輩は、天才です」

――は？

間の抜けた言葉を心の中で吐く。意味が分からなかった。

けれど、

「僕は先輩が、大好きなんです」

その言葉を聞いた途端に、美鈴の心が爆発した。そして無力感で漆黒に塗りつぶされた美鈴の心に、一筋の大きな亀裂《きれつ》が入り、透明な水が漏れ出す。

美鈴は知ってしまった。来斗が、こんな自分を愛していたことに。軽トラによって死にかけているのに、こんな無力な自分を、心から信じてくれていることに。その事実が悔しくて、悲しくて、申し訳なくて、どうしようもないほど嬉しかった。

来斗が軽トラの車体の底に消えた。来斗の悲鳴が聞こえる。彼が今どれほどの苦痛を味わっているのか分かった。そんな苦痛の中で、来斗は自分の才能を信じ、弱音を吐いた自分を心配し、励まそうとしてくれたのだ。そんなに信じてくれている人がいたのに、絵の道を諦めようと思っていた自分が恥ずかしかった。何も考えたくない、なんて言っていられない。心の奥底から、なおも透明な水が溢れ出す。その水は、涙だった。肉体は泣くことができない。けれど美鈴は、心の中で声をあげて泣き続けた。

今、時間の意味はなくなっている。だから、どれくらい泣いたかは分からない。けれど人生で最も長く感じる時間を、彼女は泣いてすごした。

泣けば泣くほどに、心を塗りつぶしていたあらゆるものが、涙と共に何処か遠くへ流れて行く。

やがて美鈴の心は泣くのをやめて、来斗へまっすぐに向いた。答えるべき答えを伝えるためだ。声は出せない。想うだけで、伝わることはないだろう。それでも伝えずにはいられなかった。

――ありがとう。私は、絵を描くよ。

その想いと共に、美鈴の中に一筋の光が灯《とも》った。希望であり、決意であり、闘志だ。不安も、絶望も、悲しみも、無力感も、すべて一瞬で飲み込んだ。今の彼女の心にあるのは、ただ一つ。絵を描くという決意だった。描くべき題材も決まっていた。それ以上に自分のすべてを注げる題材は絶対にない。同時に、それを心に刻み込み、永遠に背負うために、描かねばならない。

美鈴は、目の前にいる来斗を描くと決めた。

だから美鈴は、来斗を描くために見た。大好きな彼の優しい目はもちろん見た。楽しかった日々を思った。しかし、それだけでは足りない。他にも見るべきものがある。目を逸らしてはならないものがある。車のタイヤに裂かれ、ズタズタになった背中。口から噴き出している大量の血。まだ無事な箇所が、軽トラに轢かれて引き裂かれていく光景。飛び散った来斗の一滴の血が、どこに飛んでどんな形を描くか。目の前で起きている今を、徹底的に見た。心が泣いた時間の何倍も、彼女は来斗を見つめ続けた。美鈴は絵を描くことが好きで、来斗を愛していたからだ。

♡

それは奇怪な事件からの奇跡の生還だった。高校の校舎に軽トラが突っ込み、教室を破壊した。軽トラはそのまま逃走し、現在も捕まっていない。しかし軽トラに突っこまれた二人は生きていた。一人は重傷を負ったが、もう一人は無傷だった。

重傷の少年——日暮来斗は証言した。

「軽トラが山の上から突っこんできたんです。木を薙ぎ倒しながら。僕らを撥ねたんです。ハムカツがどうとか言っていました。あ、ファミマのハムカツです」

警察官たちはファミリーマートを中心に捜査したが、軽トラ男の足取りは摑《つか》めず、結局は警察官の間でファミマのハムカツが流行《はや》っただけだった。

そして入院七日目。来斗は包帯でミイラ男みたいにグルグル巻きにされ、病室でうつぶせに寝転がったまま、窓の外を眺めていた。

今日は朝から雨が降っている。

痛み止めが効いているから、背中の傷は不快感だけだ（逆に痛み止めがないと地獄だった。来斗は心底、医療に感謝した）。回復は順調で、昨日からスマホに触れるようになった。色々なところからメッセージが届いているのを確認する。友だち、親戚《しんせき》。そして美鈴から。

美鈴のメッセージは、ひと言だけだった。

「会えるようになったら教えてくれ」

来斗は返信を出した。

「もう大丈夫ですよ」

すぐに美鈴から返信が届く。

「今から行く」

　来斗もひと言、

「待っています」

　そう返した途端に、来斗は不安に襲われた。背中が裂けたのは良くないけれど、良いとして、結局のところ最初の問題は解決していない。美鈴が心配だった。才能がないと思いつめている美鈴に、自分は何を言えばいいのだろうか？　「好きです」と言ったことは覚えていた。あの時は死ぬと思ったから告白したけれど、冷静になった今なら断言できた。

　——告白するタイミングを完全に間違えた。どんな顔して会えばいいんだ？

「失礼するよ」

　美鈴が扉を開けて、病室に入ってきた。来斗は出来る限りの笑みを浮かべ、

「ど、どうも。ミイラ男状態ですが、ご容赦ください」

　美鈴は何も答えなかった。しばらく黙ったまま、じっと来斗を見る。

　そして、

「死んだと思ったぞ、来斗クン」

　来斗は美鈴が涙を堪《こら》えているのが分かった。ただそれは、悲しいとか、悔しいとか、そういうことじゃないのは分かった。

　美鈴は続ける。

「よかったよ。また話せて、本当によかった」

来斗は反応に困った。そんな大したことをした自覚はない。ただ、軽トラが突っ込んできたから「危ない！」と思って、美鈴を突き飛ばしただけ……。

恐縮する来斗に、美鈴は続けた。背負ったリュックを下ろし、スケッチブックを取り出しながら。

「きみが目を覚ましたら、絶対に渡そうと思っていた。受け取ってくれ」

「何です？」

「きみを描いたんだ」

「僕を？」

「ああ。あの時、私を助けてくれた、きみをね」

「ええ？　っていうことは、軽トラに轢かれている時の絵ですか？」

「そうだ」

「は、はぁ……そうなんですか」そう答えたが、来斗は意味が分からず、必死で考えた。絵にするも何も、それどころじゃなかったはずだ。一瞬だったし。抽象画というか、イメージを絵にした的な意味だろうか？

しかし、美鈴がスケッチブックをめくった途端に、「あっ」と来斗は声を出した。

そこには軽トラに轢かれる自分が描かれていた。驚くべきは、それが精密なデッサンだったことだ。さらに、これまで見た美鈴のすべてのデッサンと次元が違った。自分の筋肉の動き一つ一つまで分かる。さらに軽トラが突っ込んできた際に破壊された教室の床・壁・窓の破片の一つ一つがどこから来て、どこへ向かうかハッキリ描かれていた。

さらに写実的でありながら、そこには来斗が愛してやまなかった、美鈴の描く風景画と同じ魅力が宿っていた。あの美鈴のまなざしだ。ただしこれまでと違って、美鈴のまなざしは絵の全体に宿っていた。

苦しそうな来斗の顔、爆走する軽トラ、飛び散る無数の破片、それらすべてが、美鈴のまなざしを通して描かれ、写真にはない迫力を持って存在している。絵の中のすべてに、美鈴の心が宿っている。爆発への恐怖、自分の無力感、悲しみ、絶望、しかし同時に、何があっても目の前の光景を私の絵にしてやるという荒々しい覚悟、そして来斗に向ける深い愛情。

絵を見た途端に、そういった美鈴の様々な感情が一斉に来斗の心へ流れ込んできた。その感覚を覚えると同時に、来斗の心にも劇的な変化が起きた。

来斗は、漠然と抱いていた夢を諦めた。「絵を描く仕事に就きたい」という夢だ。目の前にある美鈴の絵を見て思ったのだ。自分には、こんな覚悟はない。こんなふうに絵に臨むことはできない。絵を描くことは好きだ。しかし、こんなに自分を削って、曝《さら》け出して、苦しみながら、見たくもないものを見てまで、絵を描くことはできない。だから来斗は諦めた。しかし悔しくも悲しくもない。むしろ清々《すがすが》しくすら——。

　来斗は声を弾ませて言った。

「凄《すご》いです、やっぱり先輩は凄い！」

　美鈴は静かに答えた。

「画塾で教わった通り、見ただけだよ。私はね、目を逸らさなかったんだ」

　そして美鈴は自分の経験したことを語った、軽トラが突っ込んで来た瞬間、時間が止まっているように感じたこと。目の前の惨劇が止まって見えたこと。どれも来斗には信じがたい事実だった。しかし、目の前にある絵を見ると、納得するしかなかった。

　やがて美鈴は立ち上がると、

「それじゃ、画塾に行ってくるよ。また明日、ここに来る。夏休みのあいだは自主練で、きみを描きたい」

　そう言って美鈴は病室から出ていく。その背中に向けて、来斗は何を言うべきか悩んだ。あの時と同じだ。何を言えばいいか分からない。やはり自分は要領が悪い。けれど——。

「先輩！　僕、あなたは天才だと思います！」

　すると美鈴は振り返り、

「だろう？」

　美鈴はそう言って親指を立てた。そして、

「そうだ、肝心なことを言い忘れたよ。あの時の返事をしておこう」

美鈴は小さく、しかし芝居がかった咳払いをして、

「私もね、きみが好きだ」

そう言った美鈴の顔は、笑顔だった。明るく、屈託なく、何の影もない。来斗の大好きな、あの笑顔だった。

♥

電車が揺れている。

美鈴は窓の外を見る。畑ばかりの退屈な眺め。それが今はとても心地よい。夏の日差しを受けて揺れる深い緑の群れは、生命力そのものだ。そして彼女は一年前の自分の気持ちを思い出した。あの画塾に行くために電車に揺られた憂鬱《ゆううつ》な日々を。それはもうずっと昔の話のように思えた。

あのトラック事故の後、美鈴のデッサンの技術は爆発的に向上した。対象を正確に捉えつつ、しかし他人の絵と違う、独自の遠近感と立体感の誇張があり、卒業を迎える頃には画塾の「当塾に入ると、こんなに絵が上手くなります」のサンプルとして使われるまでになった。そして広山講師から「いい目になったよ。正直、将来的には僕より上手くなるだ

ろう。悔しいけどね」とお墨付きを貰い、第一志望だった東京の美大に合格した。現在も絵を描きまくっている。

もちろん、上京後はすべてが上手くいっているわけではない。東京には自分よりずっと絵が上手い人間がゴロゴロいるし、自分が凡庸だと思い知らされることも多い。けれど今は「それがどうした？」と思える。周りが天才なのは認める。けれど、私だって天才なのだ、と。虚勢と自負は半々だが、少なくとも今は胸を張りたい。自分を信じてくれた大切な人のために。たとえ天才じゃなくても、天才を名乗ってやろうじゃないか。

そして彼女は今、その人に会うために故郷へ戻っている。

美鈴は呟いた。自分自身に言い聞かせるように。

「待ってろ、迷える後輩クンよ。今この天才がきみを導いてやるからな」

♡

来斗は二年の夏休みをまるっと入院で過ごした。けれど「その分だけ三年は遊んでやる！」とはならなかった。入院中に決めたからだ。東京の大学へ進学しようと。

あの日、美鈴の絵を見てから、来斗の人生は変わった。デコボコではあるけれど、将来への道が見えるようになったのだ。

美鈴は絵を描く人間として、自分よりずっと遠いところに行った。来斗は「絵の仕事に就く」という夢を諦めた。けれど悔しいとも寂しいとも思わなかった。美鈴に圧倒的な差を見せられた。でもそれは、ケガをしていた鳥が、再び空に飛んで行くのを見ているような気分だ。自分は人間で、元から羽も持っていない。

が、それはさておき美鈴と一緒にいたい。絵の才能は鳥と人間くらい違うが、実際は人間と人間だ。夢は諦めたけれど、呆気《あっけ》ないほどアッサリと新しい夢ができた。美鈴が高校を卒業する時、来斗は自分も上京するので、東京で一緒に暮らしましょうと約束をした。

だから来斗は勉強とバイトをひたすら頑張っている。幸運にも、成績は上がってきている。この夏に追い込めば、第一志望は厳しくても、第二志望はイケるかもしれない。

でも、勉強とバイトだけで夏休みを終えるつもりもなかった。美術部として、絵を描くのが好きな人間として、どうしてもやりたいことがあった。

今、来斗は地元の駅である人物を待っている。

やがて駅に鈍行列車が止まり、ぱらりぱらりと人が降りて来た。その中に大きなキャリーケースを引く、天然パーマの女性がいた。

「お迎えご苦労だ！　来斗クン！」

美鈴は「がははははは」と笑った。

来斗は美鈴に駆け寄り、キャリーケースを手に取った。

「お疲れ様です。で、さっそくですけど……先輩、今日は一日、僕と付き合ってください。僕、秋で美術部を引退ですからね。結局、絵は下手なまんまですけど、最後は僕の一番好きなものを描きたいんです」

「何を描きたいんだ？」

「先輩です」

「はっははは！　ノロケてくれるね！　ＯＫ、もちろん付き合うよ、来斗クン。私のかわいい恋人よ！」

美鈴は、あの笑みを浮かべる。それを見ると、来斗も笑顔になる。

「ありがとうございます。それじゃ、早く美術室へ行きましょう」

「おいおい、美術室に私が入っていいのか？」

「ＯＧってことで話は通してますよ」

「ならばよし！」

身軽になった美鈴はズンズンと前を進んでいく。来斗は、その背を急ぎ足で追いかける。目の前にいる人を、決して見失わないようにしないといけない。何はさておき、美鈴の横に自分はいたい、彼女からひと時も目を逸らしたくなかった。

来斗が美鈴に追いつく。すると美鈴はさっと手を差し出した。来斗はその手をしっかりと握り返す。ただ、お互いに、

「来斗クン。きみ、手汗凄いな」

「先輩だって」

「うるさいな。夏だから仕方ないだろう」

手を繋《つな》いだ二人が進む先には、真っ青な空がある。

高校三年生の夏休み、日暮来斗は楽しいと思った。先輩と一緒なら、なんでもできる。

大学一年生の夏休み、八隅美鈴は楽しいと思った。この後輩と一緒なら――。

たとえば初恋をずっと引きずっている人が、その相手が事件を起こしたと知り、連絡を取ろうとする。けれど別れたのは「住む世界が違うから、別れた方がお互いのため」という理由で、あの時の気持ちを無下にできないと手を止める。そこに軽トラで突っ込むような仕事をおじさんはしとる。大人の辛《つら》いところよ

1

拓城良太郎《たくしろりょうたろう》は疲れていた。帰りの電車の中で、動画を見ていた。大好きな漫才師のネタだ。何度見ても笑えるはずのネタなのに、今日はピクリとも笑えない。それくらい疲れていた。肩と腰と頭の痛みが酷《ひど》いが、何よりも喉《のど》が苦しい。食道にラムネのビー玉みたいなものがあるようで、正常に呼吸ができない。

すべては今日の職場の会議のせいだ。今日、良太郎は会議で負けた。周囲から「もう黙ってろ」と無言の圧力で口を塞《ふさ》がれ、吐くべき言葉を飲み込んだ。それがビー玉となって喉に詰まっている。

良太郎が勤めるのは、アプリの開発会社だ。営業が取って来た仕事の通り、アプリを開発する。良く言えば、なんでも作る。悪く言えば、節操がない会社だ。案件のたびに求められるスキルが変わるので、社員の入れ替わりは激しい。

そんな会社で良太郎が会議に上げたのは「業務連絡をＬＩＮＥでするのをやめて、社内掲示板だけで完結させましょう」という、ごくごく普通の提案だった。一部の社員がＬＩ

NEでトークグループを作り、そこで仕事の話をしている。「個人のスマホで企業の情報をやり取りする」。これは情報保護の観点から問題があるが、一番の問題は、そのグループに開発スタッフ全員が入っていないことだ。当然、グループに入っている人間と、入っていない人間のあいだには情報の差が出来て、現場の足並みを乱していた。

しかし良太郎の提案は、全会一致で否決された。いわく「社内掲示板だけに頼るよりも、フレキシブルに対応できる」「グループに入っていないスタッフがいる件は、そのスタッフの周囲からの信頼度が足りないのが悪い。逆に言うと、グループを設けることで、そのグループに入ろうとして、コミュニケーションを促進する材料になる」。

――みんな死んでくださ〜い！

良太郎は叫びそうになった。怒りに任せて反論しようとした。しかし、あの視線を浴びたのだ。「もう黙ってろ」。その視線を一斉に向けられ、彼は怒りをグッと飲み込み、「了解しました」と頭を下げた。知っていたのだ。思うがままに怒りをぶちまけるなんて、社会人失格だと。ここで堪《こら》えるのが大人というものだ。

そんな夜の帰り道、良太郎はコンビニで酒を買うことにした。こんな喉のつまりを解消するには酒が一番だ。缶ビールと、カップ麺《めん》と、おでんも買った。

そしてコンビニを出るとき、一組の少年少女とすれ違った。中学生くらいのカップルで、ゲラゲラと笑い合っていた。何故、そこまで笑っているかの理由は分からない。けれど笑う気持ちは良太郎には分かった。笑っている理由は、たぶん大したことじゃないのだ。幼い頃は、些細《ささい》なことで爆笑できる。好きな人と一緒だと、なおさらだ。

――羨《うらや》ましいなぁ。あんなに笑えたの、最後はいつだろう？

そう思った時、良太郎の脳裏に中学二年の冬の景色がよぎった。

対向車線のランプ。原付バイクのエンジン音。全身を通りすぎていく冷たい風。初恋の相手の背中。そして夜風と共に千切れ飛んでいく、自分と恋人のバカ笑い。

口もとが緩むが、すぐに記憶を振り払う。この思い出に浸れば、惨めになるだけだと思った。三十路《みそじ》に近い男が、中学時代の初恋の思い出にすがるなんて。

良太郎はスマホでX（旧Twitter）を開く。缶ビールも開けて、家に向けて歩き出す。

活発にタイムラインは流れてゆく。自分と趣味の合う人たちが、好きな話を好きなようにしている――と、流れてきたニュース記事の見出しが視界に入った途端、

「はぁ⁉」

良太郎は怒鳴った。ニュース記事の見出しには、こう書いてあったのだ。

「東京都××区で強盗。警察は逃亡中の容疑者、角口燐《かどぐちりん》を指名手配」

不意に強い風が吹いて、冷たい空気に頬の皮膚がピリついた。その痛みは、先ほど振り

払ったはずの思い出を再び呼び戻す。初恋の相手、角口燐と過ごした日々だ。

2

その日、良太郎は殺されると覚悟した。けれど殺されず、愛の告白をされた。

中学二年生、梅雨明けの日。校舎裏。降り始めた蝉しぐれ。二人きり。愛の告白。

良太郎は自分が青春映画の世界にいるように錯覚した。けれど同時に、大きな問題もあった。目の前にいたのは男だった。しかも彼とは今日まで何の接点もない。むしろ彼の存在を恐れていた。そんな男が告白してきた。同級生の角口燐だ。

「お前が好きだ」

告白された途端、良太郎の頭は、混乱状態に陥った。情報が多すぎる。まずは男同士だ。それに燐と自分は真逆の人間だ。自分は典型的な陰キャで、向こうは典型的な不良。なぜ告白されるのかも分からない。

ただ一方で、こうも思った。自分も男性にしか興味がない。これまで好きになったのは、男ばかりだ。それに顔だけで言えば、燐は単純に物凄《ものすご》くカッコいい。眉毛《まゆげ》がないのに、それが様になって見える。どストライクの顔ではあった。

「返事、聞かせろよ」

燐がドスのきいた声で言った。良太路は頭を高速回転させながら答える。しかし、回る脳みそからは不要な言葉ばかり飛び散って――。

「ちょっ、ちょっと待ってくださいね！　ステイ！　ステイ！　……なんちゃって。あっ、えっと、いや、今のはね、『ステイ』っていう犬にかける『待て』の指示を思わず人間相手に言ってしまったというギャグで、ぼくの動揺をね、ユーモアを交えて表現しているわけです。フヒッ、どうです？　面白いでしょ……」

「真面目に答えろ」

燐は一切笑っていなかった。「やらかした！」と良太郎は焦り、ますます口数は増える。

「あ、いや、面白……くはないですね。ごめんなさい。場を和ませようとして、アイスブレイクっていうの？　ぼくなりに、配慮をしてみたんですよ。フヒヒ……スゥ、ハァア～～。ちょい待ってください、お願いします」

「おう」

良太郎は深呼吸をする。自分を分析しながら、次に打つべき最善の一手を考える。

――ぼくは、喋《しゃべ》りすぎるタイプのコミュ障だ。口を開けば余計なことしか言わないだろう。ゆっくりと、考えて喋るのが正解だ。

という結論が出るまで、三分が経った。

「……おい。ペチャクチャ喋ったと思ったら、急に黙って、なんだよ？」

沈黙を破った燐の声に、良太郎は、

「待たせてごめんなさい」

ゆっくりと答えた。いい調子だと思った。このまま、余計なことを言わず、しっかりコミュニケーションを取ろうと思ったが、口はアッサリと彼の脳を裏切る。

「あのさ、でもさ、ぼくだよ？　ぼくがどんな人間か分かってる？　ぼくは、ほら、陰キャだよ。運動神経も悪いし、顔も良くないし、成績も中の下で、人間的にも面白くはないよ。いや、面白さに関しては色んな観点があるから、一概には言えないか。でも今の時代のメジャーなタイプの笑い、たとえば吉本《よしもと》的な『はい、ここで笑ってください』と笑いどころへ誘導するタイプの教科書があるって感じるお笑いはできな……」

良太郎はヤバいと思った。また余計なことで話が長くなっている。不意に燐が、校舎の壁を思い切り蹴《け》った。ゴンという鈍い音が、良太郎の言葉を止める。

「お前が好きだ。で、お前は？『はい』か『いいえ』で答えろ」

燐の眉毛の部分が吊《つ》り上がり、切れ長の目が更に鋭くなる。

良太郎の足がガクガクと震え出した。燐のことが怖かった。元から怖かったのに、今はもっと怖い。震えてしまって言葉が出てこない。それにこれまでのわずかな会話の中で、やらかしすぎた。これから何を言っても、状況を悪化させる気がする。

そのとき燐が絞り出すように言った。

「オレだって、恥ずかしいんだよ」

燐は両手で目を覆って、天を仰ぐ。

「こういうの、慣れてねぇ。人を好きになるの、初めてだから」

そう言ってから、燐が俯《うつむ》き黙った。

良太郎は、信じられなかった。燐はこんな顔をしないと思っていたからだ。

前に一度、燐の態度に逆上した教師が、彼の金髪を摑《つか》んで、体育館の床にブン投げたことがあった。凄い音がして、クラスメイトも、投げた本人の教師も、「やりすぎた」という顔をした。しかし、燐は無表情だった。かったるそうに立ち上がると「終わりっすか?」と低い声で尋ねた。その態度に圧倒された。自分と全く違う生物と出会ったように。

そんな燐が、目の前で顔を真っ赤にして俯いている。

「気持ち悪いでも、嫌いでもいい。答えが知りてぇ。頼むわ」

同時に、ぽつりと雫《しずく》が一滴、コンクリートの地面に落ちる音がした。

良太郎の震えが止まった。しっかりしなきゃいけないと思った。ほんのさっきまで、燐のことは自分とは全然違う生き物だと思っていた。怖くて仕方がなかった。でも、違うのだ。燐は怖がっている。だったら、自分だけ怖がってはいられない。

良太郎は、ゆっくりと喋る。

「ま、まずね、ぼくは……これ、あんまり他言無用なんだけど、まぁ、ぼくも、女子に対してエロい気持ち……性的にどうこうって気が起きない」

良太郎はいい調子だと思った。少し長くなったが、さっきよりはずっとマシだ。けれど、その言葉を聞いて、一歩、燐が前に踏み込んだ。

「それって……お前も、女じゃなくて、男が……」

また脳が混乱しそうになる。良太郎は慌ててパーにした両手を前に突き出した。「待って、落ち着いて」というジェスチャーをしたかったが、距離感が狂った。おまけに燐が一歩だけ前に出ていたから、結果として良太郎は、燐の胸に両手を置く形になった。

燐の体は熱かった。心臓の鼓動が手のひらから伝わった。胸の中が鳴っている。熱く、乱暴に。それを感じ取ると、

――あ、この人、緊張してる。

そう思うと、恐怖がさらに薄れ、燐がずっと身近に感じられた。だから、

「そうです。男の人しか、好きになれないです」

物心ついてから今日まで、誰にも言ったことがないことを伝えた。しかし、それが良くなかった。

ずっと隠していたことを口に出した途端に、数年間、引きずっていた足かせが砕け散り、体が天に舞い上がりそうになった。この日、この時、良太郎は初めて本当の自分を白日の下に曝《さら》したのだ。今の自分なら何でも出来る。たった一言の告白で、そう思えた。ゆっく

りと時間をかけていた思考が、再び暴走を始めた。彼の口はコントロールを失い、またしても激しく言葉をまき散らす。

「で、でも！　どうして、ぼくを好きになったの？　きみなら、もっとイイ人がたくさんいるでしょうよ！　そもそもさ、ぼくらって会話したこともないし！　正直、騙《だま》されているというか、ドッキリのような……ああ、そうだ！　これ、ドッキリでしょう？　ぼくは知ってる！　陽キャの皆さんが、陰キャに告白してバカにするやつ！　今も誰かが撮影してて、ぼくをネットの玩具《おもちゃ》にする気だな！　分かった！　合点がいった！」

言葉が止まらない。ありえない状況に説明がついたからだ。「この状況に納得いく説明は、ドッキリ以外にありえない」。そう確信した良太郎は、ヒートアップする。細くて長い手足をワチャワチャ動かし、前髪を振り乱し、勢いで黒ぶちのセルフレームメガネが飛んだ。

「分かった、分かりましたよ！　それが陽キャの皆さんのやり口ですからね！　そうやって、ぼくみたいな陰キャをバカにするんですよ！　純情をもてあそんだ挙句に、デジタルタトゥーを他人の心と体に無断で入れる！　それがお前らのやりかた――もがっ？」

燐が一歩踏み込み、そのまま良太郎にキスをした。それは人生史上初のキスだった。唇が重なった途端に、周囲の音が消える。そして良太郎は納得した。どんな言葉よりも、はるかに納得できた。

「ここまでしねぇよ。冗談で」

唇を離すと、燐は言った。真っ赤な顔に、妙に満足そうな微笑みが浮かぶ。初めて見る顔だった。良太郎には、その燐の顔がたまらなく可愛く見えた。彼をもっと知りたいと思った。だから――。

「好きだ。付き合ってほしい」

燐の再びの告白に、良太郎は答えた。

「ふっ、ふつつか者ですが、よろしくお願いします」

3

燐と付き合い始めてから、良太郎は色々なことを知った。最初に知ったのは、燐が自分を想像以上に見ていたことだ。

「燐くん。なんで、ぼくを好きになったんです?」

七月の遠慮ない青空が、良太郎に疑問を口にする油断と勇気をくれた。燐は少し照れ、あのたまらなく可愛い笑顔で答えた。

「お前、いつも一人で本を読んでたろ。あれだよ」

「どういう意味です?」

「何となく、お前が本を読んでるのが気になってさ。『こいつ、いつも本を読んでんな』って。それでオレさ、本って、そんなに面白いのかと思って、気になって本屋で買ったんだよ。お前が読んでたやつ。そしたら、けっこう面白くて。最後までは読めなかったけど」

「最後まで読めなかったんですか？」

「難しい漢字が多かったから。でも、『あいつが読んでる他の本って、ひょっとしてもっと面白かったりすんのか？』って思って。お前が読んでた本、何冊か読んだんだよ。そしたら、最後まで読めた本が何冊かあった。面白いなって。それからだよ。お前が気になるようになって、気が付いたら、『ああ、こいつが好きだな』って、なってた」

そう言って微笑む燐を見て、良太郎は彼の繊細さを知った。本が面白かったくらいで、人に恋をするなんて。素直に可愛いとも思った。

こんなこともあった。

風が冷たい十月の帰り道、燐は前髪を指先にクルクル絡めながら尋ねた。

「オレの金髪って、似合ってる？」

「燐、今さら過ぎません？　一年生の入学式の日からそうだったでしょう」

この頃には、良太郎は彼に「くん」付けをやめていた。やめるように言われたし、やめたらシックリ来た。

「どれだけ叱られてもそのままだから、とうとう先生の方が折れたじゃないですか。そんな金髪なんだから、『絶対に曲げないオレのこだわり！』とかじゃないんですか？」

「まぁな。でも、オレは好きだけど。お前はどう思うか心配でさ」

その答えに良太郎はドキッとした。「バカ」と小さく呟《つぶや》いてから、

「はいはい、恥ずかしいこと言わない。髪なんて、好きにするのが一番です」

「いや。お前にカッコいいと思われなきゃ、意味ねーよ」

恥ずかしそうに言う燐を見て、良太郎はますます彼が可愛く見えてきて……。

「おい、良太郎。何をニヤニヤ笑ってんだよ」

「いやいや、なんでもないですよ」

笑ってごまかしたけれど、良太郎は燐が驚くほど純情だと知った。

そして中学二年生が終わる頃には、一生の思い出も作った。燐がバイクの後ろに乗せてくれたのだ。

雪が舞い散る中、燐は「除夜の鐘を叩《たた》きに行こうぜ」と言って、原チャリに乗るように言った。燐がちゃんと新品のヘルメットまで用意してくれていたから、良太郎は思い切って乗ることにした。

生まれて初めてバイクで走った車道は、とても綺麗《きれい》だった。風を切ると、冬の空気はさらに冷たくなる。けれど興奮で火照った体には、それが心地いい。すれ違う車のライトは、まるで流れ星だ。

けれど、ふっと良太郎の頭を、ある疑問がかすめた。この頃には、もう思ったことをそのまま燐に伝えられるようになっていた。

「ところでさ、きみって免許は持ってんですか？　というか中学生でとれたっけ？」

燐はあっさりと答えた。

「持ってねーよ。そんなもん」

良太郎はさっと血の気が引くのを感じた。

「ダメですよ！　法治国家ですよ、日本は！」

怒鳴って、燐にしがみついた。

「法律なんて関係ねーよ」

「関係ありますって！　警察に捕まったらどうすんの⁉」

「逃げりゃいいじゃん」

焦ったけれど、降りるわけにもいかない。せめて顔を隠そうと、良太郎は燐の背中に額を置いた。彼の背中は決して大きくないけれど、頼もしくも感じた。そして無事に除夜の鐘は叩くことができたけれど、煩悩が増えた気がした。

でも、一番驚いたのは、一番知りたくないことでもあった。

中三の夏の前、燐が「別れよう」と言ってきた。

「理由を教えてください」

そう言って良太郎は初めて燐を睨《にら》んだ。もうこの頃には、彼とのあいだに何の溝もなくなっていた。笑うことも、怒ることも、自由にできた。

「一緒にいられるのは、ここまでだ」

燐が言った。その表情は、悲しそうな、しかし固い決意を感じさせる顔だった。

「お前の進路は進学だろ？　普通に生きるんだろ？　でもオレは、中学出たら先輩たちの世話になる。だから、お前とは一緒にいられない」

「それは……」と良太郎は曖昧《あいまい》な返事をする。彼は知っていた。この街で不良として生きる人間が「先輩の世話になる」のは、違法が前提の商売をするということだ。

「お前、言ってたろ。普通に生きたいって。除夜の鐘を叩きに行ったときだって、警察に逆らうなって、ギャーギャー喚《わめ》いてた。その通りだよ。お前は、そうやって生きた方が、きっといい。だから、別れようぜ」

そう言うと燐は、良太郎に背を向けた。

「ダメだ」

良太郎は燐の背中に言った。途端に、頭に血が上り、言葉が脳から溢《あふ》れかえる。けれど昔とは違った。燐とは自然に話してきたからだ。これまでそうしてきたように、気持ちを言葉に変えて、流ちょうに燐へ向けて投げかける。

「ぼくは別れたくない。進学しようよ。どこの高校でもいいから。先輩たちの世話になるなんてやめてさ。普通に勉強して、普通に就職して、普通に一緒にいよう。それでいい。勉強なら教えるし、今からでも頑張れば……」

突然、燐が振り向き、遠のいた。良太郎は「何が起きた？」と混乱するが、すぐに自分が後ろに飛ばされたと気が付く。同時に、頬に鋭い痛みが走った。地面に倒れた拍子に、手に小石が突き刺さり、口の中には血の味が広がった。

その痛みで、何が起きたか把握できた。燐に殴られて、自分が吹き飛んだのだ。

「うるせぇよ」

燐がそう吐き捨てた。

「こんなふうに、オレは好きな人でも殴れる。普通じゃねーんだ。そんな人間が今さら普通に生きられるかよ」

そして燐は、良太郎に再び背を向けた。

「じゃあな」

燐は立ち去っていく。その肩も、声も、かすかに震えていた。

良太郎は立ち上がろうとした。燐を追いかけて、肩を摑んで、振り向かせて、「ふざけるな、こんなの納得できるか」と怒鳴り、燐が別れ話を撤回するまで、ボコボコにしてやると思った。

しかし実際は、立つこともできなかった。良太郎は人を殴ったことがない。何より彼は納得してしまった。

良太郎は知っていた。この北関東《きたかんとう》の小さな街で生きている人間なら常識だ。子どもの頃から中学卒業まで、ずっと不良をやっていたら、もう取り返しがつかない。ごくごく稀《まれ》な例を除いて、そういう大人になるしかないのだ。そして普通の人間が普通に生きるためには、悪い連中と接点を持ってはいけない。良太郎は普通に生きたかった。だったら、ここで別れるのが正解なのだ。

燐がやったことは、恋人を思う行動としては間違っていない。だから、良太郎はたくさんの言葉を飲み込んだ。振り向かせたかった。話したかった。別れるにしても、それでも最後に話をしたかった。でも、それはできない。もう終わったのだから。

このとき良太郎は燐について、もう一つ知った。彼は優しい。たまらなく。それは、涙が止まらなくなるほどに。

4

燐の指名手配を知って、良太郎は固まった。そのまま思い出の世界に浸ること数分、彼は重要なことを思い出した。スマホに燐の電話番号が入っていることだ。

良太郎はスマホの電話帳を見た。何度も機種変更をしていたが、幸いデータは引き継がれていて、燐の電話番号も登録されたままだった。消せなかったのだ。

良太郎は深く息を吸って、電話番号を押した。「この番号に発信しますか？」の確認が表示される。とにかく燐と話したい。無事でいるかを知りたいし、助けたい。警察に捕まって、刑務所送りなんて絶対にさせない。そう思って画面をタップしようとした、そのとき、再びあの冷たい冬の風が吹き、良太郎の脳を瞬く間に冷ました。

良太郎は指を止め、今この状況を整理する。

燐は指名手配犯になっている。助けようと思ったが、その手段は思いつかない。むしろ助けようとすれば、自分だって共犯になってしまう。

「そうか」と良太郎は呟く。分かったのだ。

——こうなるから、別れたんだ。ぼくらは。

良太郎は普通に生きている。中学から高校へ進学し、それなりの大学まで卒業して、都内の会社に勤め、平均程度の給料は貰《もら》えている。今も疲れてはいるし、会社に不満もあるが、警察には追われていない。すべては燐と別れたからだ。燐が別れ話を切り出してくれたからだ。

もしも中学生のとき、燐と別れていなかったら？　楽しかったかもしれないが、ずっと燐と一緒にいただろう。恐らくは今この瞬間も。そうなったら自分も指名手配犯だ。

良太郎は電話の画面を落とした。だって電話をかけることはできないからだ。今ここで電話をかけたら、燐が自分を殴った意味がなくなる。燐の優しさを裏切ることになる。そんなことは、決してできない。

良太郎はスマホの電源を切って、懐にしまった。そして小さく呟く。あの日、燐に伝えるべきだった言葉を。

「さよなら、燐。ぼくもきみが、好きだった」

初恋が、ようやく終わった。良太郎がそう思ったのと同時に――。

グギャオオン！　という悲鳴のような音を立てて、何かが良太郎の方へ突っ込んで来た。それは良太郎に正面衝突する。衝撃で彼の体は「く」の字になって吹き飛び、そのまま空を舞って、コンクリート塀に激突した。

「ぐっ、がぁ……」と良太郎が鈍い声を漏らしながら、冷たいアスファルトの上をゴロゴロと高速回転していく。彼の全身は切り裂かれ、あらゆる箇所の骨に激痛が走る。十数メートルは吹き飛んだあと、ようやく回転が止まった。自分は今、道路にうつぶせになっている。そう自覚はできたが、それ以上は頭が回らない。強烈な頭痛がする。視界が急速に暗くなってゆく。瞼《まぶた》は開いているのに、目の前が闇に包まれる。

その闇の中に、白い軽トラが見えた。その軽トラから男が降りてくる。

軽トラ男は、どういうわけか全裸だった。さらに良太郎は、激しい耳鳴りの中で男の声を聞いた。

「これも仕事やからねぇ。生活を支えるためにね、やりたくないことばっかやって、やりたいことをやる元気がなくなっていく。おじさんはね、最近、もうすっかりやりたいことがないんよ。単純に元気がない。物欲も、性欲も、食欲も、なんもかんも、歳を取れば減っていくだけよ。そして残り物を片付けるだけの人生になってしまったんよね」

男は軽トラに再び乗り込む。

「それでも腹が減るから。仕事をして金を稼がんとね。生きるためなんよ」

そう言い残して、軽トラで走り去っていった。

やがて良太郎の意識は闇の中へ落下を始めた。何も見えず、何も聞こえない。ただ意識だけがある。その意識も瞬く間に、暗くて、狭くて、深い場所まで落ちていく。もしも死ぬとしたら、きっとこういう感覚なのだと彼は思った。

暗闇の中で、時間が流れていく。痛みはすっかり消えた。しかし、何もない。沈黙と闇だけに包まれる。わずかに残った意識も消えていく。眠りに落ちるように。死ぬのだと思った。このまま自分が消えてしまう。何もできなくなる。どれだけ頭にきても、悲しくても、悔しくても、世界に対して何もできなくなる。この暗くて狭くて深い場所にずっと留《とど》まり、意識が消えるのを待つ。それが死を受け入れることだと理解した。

——嫌だ。燐に、死ぬ前に燐に会いたい。

かすかな、しかし強烈な想いが良太郎の中に芽生えた。同時に怒りが沸々と湧いてきた。

それは最初こそ小さな怒りだったが、徐々にこれまでの人生で覚えた怒りのすべてと連鎖反応を起こし、次々に爆発していく。いきなり軽トラに撥《は》ねられた怒りと、ついさっきの会議での扱いの怒り、普段の生活での怒り、そして自分と別れた燐への怒り。すべての怒りが、軽トラに撥ねられたという事実を起点に大爆発を起こした。

「待て待て！　見知らぬオッサンに轢《ひ》かれて、『はい、おしまい』なんて！　ぼくの人生、なんなんだ！　死んでたまるか！　言いたいことが山ほどあるのに！　やりたいことだって、まだまだたくさんあるのに！」

闇が薄れていくが、全身が痛み始めた。彼は自分に問う。どうしてこんな痛い思いをしているのだ？　それは眠りたくないからだ。死にたくないからだ。死にたくないと願うほどに痛みは増していく。けれど死にたくないのだ。燐に会いたいのだ。どんな痛みを伴っても、やっぱりあいつのことが大好きだから。そこまで思い至ったとき、良太郎は自分がそもそも大きな間違いを犯していたと気が付いた。

――あのとき、別れたくなかった。燐を振り返らせて、こっちを向かせたかった。けれど、ぼくはビビった。そうだ、ビビったんだ。納得したんじゃない。燐にビビって、普通の道を外れることにビビった。もうビビらない。今度は、ぼくが――。

そのとき、声が聞こえた。

「早く殺せよ。あいつは指名手配犯で、しかもヤクザだろ。射殺すればいい」

5

声が聞こえて、良太郎は目を覚ました。

すぐに自分の状態を確認した。ベッドに寝かされている。体のあちこちに包帯や絆創膏《ばんそうこう》が付いていて、点滴が腕につながれている。自分は軽トラに撥ねられて、病院に意識を失って寝ていたのだと理解した。

そして、あの声が聞こえた。

「殺していいんじゃねーの。ああいう犯罪者は」

「ね、早くヤッちゃえばいいのに」

声の主は看護師や他の患者たちだった。良太郎は点滴のチューブを引きちぎり、痛みに耐えながら体を起こす。病室を出て、声のする方へ向かう。すると皆が揃ってテレビを見ていた。画面には男が二人映っている。一人は拳銃《けんじゆう》を持って、もう一人は泣き喚いている。

画面上の「生中継」「暴力団員が立てこもり」のテロップ。そして拳銃を握っている男は、

「燐じゃないですか」

立て籠《こ》もっているのは、間違いなく燐だった。中学の頃と変わっていなかった。眉毛がなくて、金髪で、顔がイイ。けれどその顔は恐れと怒りに歪《ゆが》んでいる。何事か喚いては、

拳銃を人質のこめかみに突きつけている。

「だからよ〜。あんなヤクザ、さっさと二人とも殺せばイイのに」

テレビを見ている患者の一人が言った。鶏の骨のように痩《や》せ細った、中年男性だった。

その男に良太郎は、

「あ、すんません。おじさん、それ、本気でおっしゃってます？」

そう尋ねた。

「あ？　なんだ、お前……!?」

鶏の骨がケンカ腰で答える。

「あなた、あの人質を取っている人を殺していいって言いましたけど、本気で言ってるんですか？　犯罪者は法で裁くものでしょう。ここは法治国家ですよ」

良太郎が言った。皆、固まっていた。しかし少し経つと、鶏の骨が、我まさに代表者なりといった様子で、首を突き出して答えた。

「うるせぇよ。社会の底辺が迷惑かけてるんだから。死刑にした方が話が早ぃ」

良太郎は答える。

「そうですか。そうきますか。話が早くても、やっちゃいけないことってあるでしょう。ややっこしくなっても、踏まなきゃいけない段階がある。でも、あなたはそれでもイイとおっしゃるわけですね。話が早くなるのが一番イイって」

良太郎は心で思ったことをスラスラと言葉にした。自分でも不思議なほど心地よかった。全身が痛むが、喉に詰まっていた何かを吐き出したようだ。

「何だお前、気持ち悪い喋り方しやがって。話が早いのが一番だろうが」

鶏の骨が言った。その途端、

「了解です。あなたがそういう人なら、それこそ話が早い。だったらですね、ぼくも今は話を早くしたいから、法律を無視しますよ」

すぐさま良太郎は鶏の骨を羽交い締めにした。左腕を鶏の骨のアゴと鎖骨のあいだに滑り込ませ、ギュッと上方向に締め上げる。鶏の骨は「きゅっ」と悲鳴を上げた。

良太郎は鶏の骨の首を締め上げつつ、病院の受付に置いてあったボールペンを手に取ると、鶏の骨の耳の穴に突っこんだ。鶏の骨の「んぐほぉ！」という悲鳴が響く。

「今すぐに救急車を用意してください！」

良太郎の心臓が高鳴った。汗が体中から噴き出した。しかし頭は、不思議なほど落ち着いていた。そして鶏の骨は泣きながら良太郎に尋ねた。

「おまえぇ、何する気なんだよぉ、こんな酷いことしてよぅ」

良太郎は思ったことをそのまま答えた。

「今すぐ、あそこに行くんですよ」

良太郎の視線の先には、燐を映すテレビがあった。

6

燐は、良かったと感じていた。八方ふさがり。どん詰まり。あとは死ぬだけ。後悔はない。クソみたいな人生に最愛の恋人を巻き込まずに済んだからだ。

中学を卒業後、すぐに先輩のツテで半グレの一員として働き始めた。特殊詐欺に関わったり、強盗をやったり、大麻を育てたりしたが、どれも燐には合わなかった。単純に上手《うま》く出来なかったのだ。詐欺は演技力が足りずに失敗して、強盗は最初の案件でドジを踏み、二度と誘われなくなった。結局、不良の世界でも成功するのは要領がいいやつで、彼はそうではなかった。ついに今年になって大麻を枯れさせて、これにキレて制裁を加えに来た先輩を、燐は半殺しにして逃げた。これからもずっと狙われるし、逃げ切れないとも分かった。それで、「どうせ殺されるなら、自分から行ってやる」と考え、半グレ組織の主であるヤクザの組長を仕留めに行ったのである。

そして今、燐はヤクザの親分を人質に、二階の窓から下に群がる警察たちに吠《ほ》えている。

「近づくな！　このオッサンの頭をブチ抜くぞ！」

叫んでいるが、心は落ち着いていた。やることが決まっているからだ。思い切り派手に組長の頭をブチ抜き、自分の頭も撃つ。それで終わりだ。自分をアゴで使っていた連中に、できる限り迷惑をかけてやる。あとは自分とこいつを殺す勇気を振り絞るだけ――燐がそう思った、まさにその時、悲鳴が上がった。「とまりなさい！」「避《よ》けろ！」怒号をかきわけて、それは燐が立て籠もっているビルの一階の入り口に突っこんだ。救急車だった。

暴走救急車は真正面からビルの自動ドアを突き破り、建物の柱に正面衝突した。雷が間近に落ちたような轟音《ごうおん》と、地震で言うと震度四くらいの揺れがビル全体を襲う。燐は転がりそうになったが、なんとか踏みとどまった。

燐は、すぐに窓から顔を出して警察を怒鳴りつける。

「何をしてんだ！　車を突っ込ませるなんて、人質ブッ殺されたいのか⁉」

今までずっと敬語だった警察が、怒鳴り返してきた。

「知らねぇよ！　こっちだって轢き殺されそうだったんだよ！」

「はぁ？　知らねぇって……」

すると、一人の男が怒鳴りながら、部屋に乗り込んで来た。

「燐！　やっぱきみ、燐ですよね！」

そう怒鳴った男は、何故かボールペンが耳に刺さった、鶏の骨のような男をつれていた。現実離れした光景だったが、しかし燐は懐かしいと感じた。そこにいたのは、一日たりとも忘れたことのない男だったからだ。あれから何人も抱いたし、抱かれもした。けれど結局、そいつより好きな人には出会えなかった。

「良太郎？　お前……え？　何してんの？」

燐は問う。人生でただ一人愛した男、拓城良太郎に向かって。

7

「燐！　自首！　しよう！」

良太郎が息を切らしながら叫んだ。燐はすぐさま怒鳴り返す。

「ふざけんじゃねー！　この状況が分からねぇのか！」

燐は右手に握った拳銃をヤクザの親分の側頭部に押し付けた。肉に銃口がズブっとめり込むと、親分は「ひぃ！」と叫んだ。けれど、良太郎は怒鳴った。

「知らないですよ！　ぼくだって、頭に来てるんですから！　ね！」

良太郎は「ね！」と同時に、鶏の骨の耳からペンを引っこ抜いた。鶏骨は「ひょげっ」と声を上げて崩れ落ちた。ペンがＯＮ／ＯＦＦのスイッチだったかのように。

良太郎は「ずるるる！」と鼻水を啜《すす》る。「ああ、ちくしょう！　スゲー出る！　なんで、涙が、止まんないし！」そう言って何度も啜るが、鼻水と涙が止まらない。ここに来るまでの救急車の中では平気だったのに、無事に生きている燐を見た途端、涙が止まらなくなった。ほっとして、頭に来て、悲しくなって、喜怒哀楽が一斉に押し寄せてきて、処理能力の限界を超えた。それでも良太郎は叫ぶ。一番伝えたかったことを。

「燐！　ぼくは大事な話がある！」

叫びながら、一歩、良太郎は前に出る。

「おい近づくな！　こいつ殺すぞ！」

燐が怒鳴った。しかし、

「だから知らないから！　そんなやつ！　それより、ぼくの話を聞いて！」

良太郎は一喝する。ヤクザの親分は「冷静に！　わしの命は大事だよ！」と叫ぶ。

「中学のとき、ぼくはビビった！　きみにも、未来の自分が、普通じゃなくなることも！　でも、あれは間違いでした！　ぼくは、きみと別れたくない！　死にかけて……あっ！　鼻血が出た！　……ずるるる！」

良太郎の真っ赤でドロドロの鼻血が止まらない。それに頭がズキズキと痛んでいる。脳の血管が切れたのかなと思った。けれど良太郎にはどうでも良かった。

「死にかけて、やっと分かった！　ぼくは、間違ってた！」

叫ぶ良太郎に、燐は拳銃を向けた。

「近づくな！　お前からブチ殺すぞ！」

「やってみろ！　ぼくは！」

一歩、良太郎は燐に歩み寄る。

さらに一歩、良太郎が踏み込む。燐の持つ拳銃の銃口が、彼の額に当たった。しかしそのまま、良太郎は腹の底から怒鳴った。

「もう！　絶対に！」

「きみにも！　きみとの未来にも！　ビビったりしない！　きみと、どこまでもいく！」

すると燐は赤ん坊の涎《よだれ》のような、無防備な言葉を漏らした。

「お前、おかしいのか？」

刹那《せつな》、人質のヤクザの親分が、数十年ぶりにケンカの才能を発揮した。彼は体を半回転させ、燐のわき腹に肘《ひじ》を叩きこむ。「うぐっ」と声を上げ、燐が体勢を崩し、手から拳銃が滑り落ちる。ヤクザの親分は、「バーカ！　バーカ！　このイカれZ世代！」と捨て台詞《ぜりふ》を残し、事務所から逃げ出す。燐は追いかけようと、体勢を立て直した。すると目の前に銃口があった。良太郎だった。銃を拾って、燐の額に狙いを定めていた。

燐の顔から血の気が引く。彼はゆっくりと、良太郎に尋ねた。

「何のつもりだ、お前？」

「燐、ぼくと……」

良太郎が何か言いかけたとき、窓の下の警察が「人質は保護した！　このまま突撃する！」と叫んだ。すると良太郎が窓から身を乗り出し、警察に向けて発砲した。

「大事な話をしてるから！　黙ってください！　ファック・ザ・ポリス！」

弾丸はパトカーに直撃し、現場は大混乱に陥る。しかし誰よりも混乱したのは燐だった。

「な、何をしてるんですか？」

燐は思わず敬語になった。燐は犯罪の世界で学んだのだ。半グレ、ヤクザ、一般人は殴ってもいい。でも警察は別だ。警察に手を出すと大変なことになる。それなのに良太郎は、警察に発砲した。おまけに得意げに笑っている。

「燐、ぼくを殴って言ったよね！『オレは好きな人でも殴れる。そんな人間が今さら普通に生きられるかよ』って。ううん！　全然普通！　ぼくは、こんなことができる！」

良太郎は再び窓から身を出して、拳銃を乱射した。

「かかってこい！　警察！　あっ、警察といえば免許の更新！　あれ、どの警察署でもできるようにしろ！　もしくはコンビニと提携しろ！　分かったか!?」

良太郎の放つ弾丸が、パトカーのボンネットに穴を開け、フロントガラスを砕いた。警察は「やめたまえ！」とスピーカーで叫ぶが、良太郎は止まらない。なおも絶叫しながら銃を乱射する。すると燐が良太郎に跳びついた。拳銃が宙を舞い、二人はもつれ合いながら床を転がった。

「バカ野郎！　警察を拳銃で撃つな！　常識だろ！」

「何が常識ですか！　ぼくはね、キミと一緒にいられるなら、普通なんてどうでもいい！　ぼくだって普通じゃない！　きみと同じくらい、おかしいの！　だって、ぼくは……！」

良太郎は口の中の血を飲み込む。鼻血が喉の中に流れ込んで来て、口の中が血まみれだ。言葉を放つたびに、真っ赤な血が燐の顔に散る。それでも良太郎は、流ちょうに喋ることができた。燐と付き合っていた頃のように。

「ぼくは、きみが好きだ！　きみがどこに行こうと、一緒にいたい！」

そのとき燐の瞳《ひとみ》から一滴の雫が落ち、良太郎の頬で弾《はじ》けた。

「……お前、何で今さらこんなことするんだよ？　やるなら、中学のときに、あのときにしろよ。オレを殴って、引き留めてくれたらよかったんだ」

「それは……ごめんね。でも、今からでも、やらないよりマシでしょ？　それとも……」

良太郎は、血をごくりと飲み込んだ。

「ぼくのこと、嫌いですか？」

燐は苦笑いを浮かべた。

「バーカ。オレも好きなまんまだよ」

けたたましい足音と共に、機動隊が乗り込んで来た。彼らは良太郎と燐を引きはがし、地面に押さえつけ、警棒でボコボコに殴った。けれど良太郎は見た。燐が笑っているのを。

殴られている。関節技を極《き》められている。腕やら足やらが、変な方向に曲がっていたが、それでも燐は笑っていた。すると自分も笑えて来た。殴られているし、たまらなく痛い。それでも燐が笑っていることが嬉しくて、笑えて笑えて仕方がなかった。

8

春の公園に、二人の老人がいた。ベンチに座って、一人は満開の桜を見上げる。もう一人は、コンビニのビニール袋をガサゴソと漁《あさ》っていた。

「酒だよ、酒。良太郎、酒を飲もうぜ」

「桜を見る楽しみを忘れないでほしいですね。大学生じゃないんだから」

「オレは中卒だよ。大学の話は分かんねー」

すると髪を緑のモヒカン刈りにした中学生が、その老人たちに走り寄った。

「おじいさんたちって、警察相手に銃を撃ちまくった人たちでしょ？　そっちのメガネの人は……ファック・ザ・ポリスの。俺、YouTubeで昔の動画を見たんです」

すると、二人は「おう」「そうですけど」と答えた。途端に緑モヒカンが目を輝かせて、記念撮影を求める。老人たちは笑顔で応じた。しかし「ファック・ザ・ポリス！　最高っすね」と緑モヒカンが言うと、

「真似すんなよ。オレらみたいに何十年も刑務所で暮らすことになるし」

「いや、いざとなったら撃つ根性はあった方がいいですよ。公権力の不正や冤罪《えんざい》を許さない気持ちは。それこそが真のファック・ザ・ポリスの精神です。大事ですよ」

緑モヒカンは記念撮影の礼を言って、どこかへ走って行った。そして二人は、

「難しい話すんなよ。人は撃つな、でいいだろ?」

「場合によっては撃ってもいい、が正解です」

「お前、それはおかしいぞ。刑務所で反省しなかったのか?」

「何も反省してませんね。悪いことしてないですし」

「……お前。つくづく思うけどさ、タチ悪すぎだぞ」

「元ヤクザに言われたくないですよ。はい、それはさておき……乾杯しましょう。せっかくのビールがぬるくなっちゃいますよ?」

「お、それはよくねーな」

二人は乾杯して、缶ビールを一気に飲み干す。そして他愛のない言葉をいくつか交わすだけで、ゲラゲラと笑い合った。

たとえば公園で立ち飲みをする若者たちがいたとする。一見、仲良しだけど、実は全員の境遇と立場が違う。その夜は異なる道を歩む若者たちの人生が一瞬だけ交差するポイントよ。そこに軽トラで突っ込むような仕事をおじさんはしとる。何があろうと、必ず突っ込むんよ。形を変えてもね。それが仕事やから

1

諭吉《ゆきち》は、俺の憧《あこが》れだ。諭吉は、いつだってカッコいい。俺は諭吉のようになりたかった。

俺は平凡な家に生まれた。実家は千葉の一戸建て。両親は共働きで、いつも家にいなかった。これははっきり覚えているんだけど、小学三年生の時だ。俺はある日、ただ何となく気が付いた。「この家、俺しかいない」。そう思うと凄《すご》く寂しくなって、家から飛び出した。そのまま夜まで近所の公園にいて、両親に見つかったらこっぴどく叱られた。

でも、俺は反省しなかった。誰もいない家より、公園にいたかった。けっこうデカい公園で、噴水があって、お花見をする場所があって。いつも俺の同級生や、他の学校の似た年齢の子供がいたんだ。そっちの方が楽しいに決まってる。

それに、その公園に大人は近づきたがらなかった。敷地の中でホームレスのオッサンの白骨死体が見つかったことがあったらしい。それで大人は気味悪がって避けてたんだけど、子どもは逆だ。あの公園は、大人の目がない解放区だった。

みんな好き勝手に遊んでた。かくれんぼ、ごっこ遊び、ケツ花火（打ち上げ花火をケツで受け止める度胸試し）……公園デビューしてから一週間くらい、俺はそれを見ているだけだった。でも、そんな俺に声をかけて、輪の中に入れてくれた。それが諭吉だ。「一緒に遊ぼうぜ」って。

諭吉は小学校の同級生だ。俺より背が高くて、横も俺の倍はあった。家もデカかった。あいつの家の、異様に高い塀を覚えている。親がヤクザだって噂があって、俺は両親から「あの子と遊んじゃいけません」って、はっきり言われた。でも、実際は優しいやつだった。

諭吉と仲間になった俺は、さっき挙げた遊びを一通りやった。ケツにミサイル花火を食らうのは痛かったけど、みんなと笑うと楽しくて、痛いどころじゃなかった。リアクション芸人みたいなもんだな。

でも、それまでの俺にとって諭吉は、単なる友だちだった。憧れとは違う。変わったのは、俺たちの公園に小学校の上級生たちが侵略にやってきた時だ。

侵略なんて言うと大げさに聞こえるかもしれない。でも、本人たちがそう言っていた。あいつらがやってきた日のこと、あいつらが放った言葉は一言一句、イントネーションまで含めてハッキリ覚えている。

「侵略に来たぞ。今日からここは俺らの領土だ。お前ら、奴隷な」

その日から、俺らの奴隷生活が始まった。上級生たちは俺らを殴って蹴《け》って、さらに「年貢」とか言って、「この公園にいたかったら、月に千円持って来い」と迫って来た。反論すると殴られた。俺もやられた。生まれて初めて殴られて……俺は、その一発で心が折れた。ケガはしなかったし、大した痛さじゃなかったけれど、ショックだったんだ。こんな無造作に、当たり前に人を殴れるヤツがいるのかって。別の種類の生き物に出会った感覚だった。話が通じる相手じゃない。こいつらには、逆らっちゃいけない。災害みたいなもんだから、諦《あきら》めよう。おとなしくしよう。俺はそんな感じで心が折れたんだ。

でも、諭吉は違った。侵略が始まってから一週間くらいして、あいつは正面切って上級生どもにケンカを挑んだ。俺は期待した。諭吉が救世主になってくれると。アニメや漫画で見たヒーローみたいに、勇気を出した正義の味方が、悪を滅ぼしてくれるって。

でも、諭吉はボコボコにされてしまった。あの頃の諭吉はケンカ慣れしてなかったし、四人もいっぺんに相手にしたから。

取り押さえられた諭吉は、鼻血を噴き出しながら、ガァガァ言って暴れた。それを見た上級生たちは数分間、何事か話し合い、やがてカマキリを取って来いと俺たちに命令した。言われるがまま俺は仲間とカマキリを捕まえに行った。デカいのがゴロゴロいたよ。自然が豊かな土地だったから。

俺たちからカマキリを受け取ると、上級生たちは、その手足を引っこ抜き始めた。そして十何匹って手足を抜かれたカマキリを、その辺で拾った壊れた茶碗《ちゃわん》に盛り付けたんだ。

これもはっきり覚えている。白い腹を見せて蠢《うごめ》く手足のないカマキリの山は、まるでマカロニサラダが動いているみたいだった。上級生たちは笑っていたけど、俺は吐きそうになった。なんでカマキリだったかは、いまだに分からない。そもそも連中が公園を侵略に来た理由もよく分かんないし、そういうもんなんだろう。理不尽なことに理由なんてないんだ。いや、理由がないから理不尽なのか。どっちでもいいや。

血まみれの諭吉は、上級生にケツを蹴《け》られて、四つん這《ば》いになった。そしてあいつの顔の前に、まるで犬のエサみたいにカマキリの茶碗が置かれた。上級生たちは「おら、食えよ」「お残しは許しまへんで」と笑った。そのあとは……これもはっきり覚えている。あいつらは俺らの方を見て、こう言った。

「お前らも、こいつが食うところを見たいよな?」

直後のことも、はっきり覚えてる。最初に反応したやつは、同じクラスのコンちゃん。「はい! 俺も見たいです!」って答えて、頼まれてもいないのに、「た・べ・ろ」ってコールを始めた。その次は……覚えていない。とにかくその場にいた、十人ちょっとの俺らの仲間たちは、次々と「た・べ・ろ」コールに加わった。

俺はと言うと、戸惑ったよ。「なんで?」「諭吉は、俺らの友だちじゃん」「せめて助けようぜ」とも思った。でも同時に、分かってしまったんだ。これもはっきり覚えている。俺はその場で、諭吉と自分を天秤《てんびん》にかけた。ここで場の空気をブチ壊したら、次は俺がカマキリを食う羽目になる。それだけは絶対に嫌だ。ここで諭吉にカマキリを食ってもらって、俺は安全圏にいよう、って。そのためにはコールに入らないと。

でも、俺がコールに加わる直前だった。諭吉が叫んだんだ。吠《ほ》えた、と言った方がいいかな。動物みたいな、悲鳴のような、凄い声だった。その声の勢いに乗って、上級生たちを撥《は》ねのけて、そのうちの一人に馬乗りになった。そのまま、まずは右の拳《こぶし》を一発。次は左。諭吉は絶え間なく、上級生の顔面にパンチを浴びせた。周りの三人の上級生たちはパニックになって、「やめろコラァ」「何してんだクソデブが」と諭吉を蹴ったり殴ったりした。でも、諭吉は拳を振り下ろし続ける。今でもしっかり覚えているのは、殴られているやつの顔面からする音だ。最初はタン、タンっていう、打楽器みたいだった音が、すぐにチュグ、チュグって、粘った音になっていった。

そのうち、上級生の一人が泣き出した。俺はすげぇビックリした。さっきまで偉そうにしていたやつが、「やめろぉ、やめろよぉ」って、諭吉にお願いを始めたんだ。すると別のヤツが「俺は知らねぇ」って、走って逃げだした。そいつに続いて、もう一人、無言で逃げた。泣いて止めてたヤツも、結局は逃げた。そして、俺の同級生たちも逃げた。

残された俺は、諭吉に言ったんだ。おっかなビックリだったよ。でも、ちゃんと言った。

「それ以上やったら、死んじゃうよ」

諭吉は自分の血と返り血で、血まみれだった。けれど何故か俺には……これもはっきり覚えているんだけど、諭吉の目は、凄く輝いているように見えたんだ。殴られたヤツは顔面が潰《つぶ》れたトマトみたいに、グチャグチャになって、失神してたけど。

そして諭吉が言ったんだ。

「逃げなかったんだな、お前」

俺はその問いかけに、「うん」と答えた。すると諭吉はニカっと笑って、

「それに、見てたよ。『食べろ』って言わなかったの、お前だけだった」

また俺は「うん」と答えた。心の中では、「た・べ・ろ」って言う寸前まで行ったけれど、それを伝える必要はないなと思った。

「お前だけが、俺の本当の友だちだよ」

諭吉が手を出した。俺は諭吉に手をさしのべて、「よいしょ」って立たせた。その途端に、俺は誇らしい気持ちになったんだ。怖くて強くて悪い上級生たちに、この諭吉ってヤツは、たった一人で立ち向かった。そして俺は、ギリギリではあったけど、諭吉を最後まで裏切らなかった。みんなビビって、裏切って、逃げ出したけど、俺だけは違った。ほんの数秒だけど、俺は悪の誘惑に耐えたんだ。そして「俺たち」は勝った。

その日から、俺は諭吉と友だちになった。同時に俺は、諭吉に憧れるようになった。こんなスゲェ男になりたいな、って。

2

大学四年生の夏。俺は諭吉と飲むことになった。子どもの頃に「大きくなったら行こうな」って約束してた居酒屋で焼き鳥を食べて、ビールを飲んで。そのあとは、また別の店に行く。ちょっと高いバーだ。どっちの店も、酒代は諭吉のおごり。だから飲み会は続く。日付が変わっても終わらない。俺と諭吉はコンビニで酒を買って、あの公園に向かった。

公園は、子どもの頃の記憶とすっかり変わっていた。例の白骨死体の発見から時間が経ったからか、人通りは前よりある。犬の散歩をさせている老人もいるし、昔の俺らみたいな子どもだっている。居場所がねぇ大人が、酒を飲んでいたりもする。

変わんねぇのは、諭吉だけだ。諭吉はいくつになっても諭吉のまま。期待を裏切らない、カッケー大人になっている。俺が金がねぇ金がねぇと大学生をやってるあいだに、もう社会に出て、けっこうな金持ちになってる。

「いやぁ、今日は楽しいわ。お前と飲むの、俺は好きだな。やっぱホーミーだよ、お前は」

そういって諭吉は缶ビールを開けた。ちなみにホーミーはスラングで、仲間って意味だ。

諭吉は相変わらず縦にも横にもデカい。身長は一八〇超、体重は一〇〇キロってところだ。全身真っ黒に日焼けして、白いＴシャツとの対比が激しい。金ぴかのチェーンをブラ下げていて、腕にはこれまた黄金のロレックスの時計が輝く。でも下半身は子どものときのような短パンだ（こっちはエルメスらしい）。髪は銀色のツーブロック、靴は白いレザーのローファー。ちなみに両腕には、ラテンアメリカっぽい模様のゴツい刺青《いれずみ》が入っている。髑髏《どくろ》と薔薇《ばら》。そして筆記体の「God Bless You」。去年、飲んだときは文字は入っていなかったけど、こいつはカッコいいと思った。

もちろんヤカラ全開だな、とも思う。でも、俺にはそれが嬉《うれ》しい。自分が強くなったような気がする。俺はこんなヤカラと対等に話せる人間なんだぞって。

「奢《おご》ってくれてありがとよ。相変わらず、羽振りがイイみたいじゃんか」

そう言って俺も缶ビールを開ける。俺の見た目は、金がねぇ大学生そのものだ。身長体重は、どちらも日本男児の平均値。ファッションはユニクロの無地の黒Ｔシャツ、ＧＵの短パン。そして大学の近所のイオンで買ったサンダル。でも、何も恥ずかしくない。むしろ、こういう等身大の格好で、イカつい諭吉の隣にいることが、我ながら面白いと思う。諭吉とは違ったカッコよさ。方向性が違うだけで、今の俺は諭吉と同じくらいカッコいいとも思う。

「そうでもねぇよ。つーか、そっちこそ素敵な彼女がいて、楽しそうじゃん」

諭吉が缶ビールを俺の隣に立つ女に向けた。

「幸子《さちこ》さんって言ったっけ？　話は聞いてたけど、今日はお会いできて光栄でした」

　そう言って諭吉が幸子に、俺の彼女にペコリと頭を下げた。

「いえいえ。こちらこそ」と幸子は笑う。けれど俺には分かった。幸子は内心、あまり喜んでいない。一軒目の居酒屋で飲んでいたとき、幸子は諭吉がいないタイミングで俺にこう言った。「あの諭吉さんって人、ヤバいよ。モロにヤカラじゃん。付き合いを考えた方がイイって」。俺はちょっとだけカチンと来て、「そういうこと、言わないでほしいな。見た目はそうかもだけど、俺の大事な友だちなんだ」って、珍しく幸子を叱った。

　でも、幸子はまだ反省していないらしい。頭を下げつつも、表情が曇っている。俺はそれがまだカチンと来て、「はは」と笑いながらも、軽めに幸子を睨《にら》んだ。すると幸子は少し申し訳なさそうに、今度は俺にペコリと頭を下げた。

　幸子は、ちょっと変わった女だ。俺と幸子は、軽音サークルで知り合った。俺はギターで、幸子はベース。それで先輩の命令でとりあえず一緒にバンドを組んでみようって話になって。最初は陰気そうなヤツだなって思った。黒髪で、上も下も黒。黒のパーカーの下に黒のバンドTを着ていた。スニーカーも黒だ。音楽の趣味も変わってて、俺は最近の和物のロックが好きなんだけど、幸子は海外のヘヴィメタルばっか聴いてた。一番好きなのはジャーマン・スラッシュらしい。いくつか聴いたけど、俺には区別がつかなかった。全部うるさいってのが正直な感想だ。

そんな俺らだけど、最初に惚《ほ》れたバンドがELLEGARDENってことで話が合った。軽音サークルの先輩たちに「ELLEGARDEN？　どこがイイの？」とバカにされたのも、逆に俺と幸子にとっては良かったかもしれない。共通の敵が出来ると、仲が良くなりやすいもんだ。「あいつら何も分かってねぇよな」「だよ。フツーにカッコいいじゃんね、ELLEGARDEN」なんて話をして、カラオケに行って、歌いまくって、酒を飲んで、告白して、セックスして、恋人同士になった。

付き合ってみて分かったのは、幸子はけっこう真面目だってことだ。うるさい音楽を聴いて、耳にはメチャクチャにピアスをしているけど、家の中はしっかり片付いている。潔癖症じゃないけど、掃除好きらしい。それにセックスになると、普段の乱暴な口調は消えて、しおらしい女性に変身する。あと単位を一つも落としていない。授業は全部出ているし、バイトをサボったこともないらしい。

そういう本当の幸子を知るほど、俺はつまんなくなっていった。正直、最近は別れてもイイかなって思っている。俺はロックで変わった女の子と付き合ってたつもりなのに、幸子は普通の真面目な女の子なんだ。底が知れた。そんなんじゃ、面白くない。

今日だってそうだ。諭吉みたいなスゲェ男を前にして、幸子は「ヤカラと付き合うな」と言ってきた。なんてつまんねぇ発想なんだ。こういう友だちがいるから楽しいのに。

俺がそんなことを考えていると、諭吉が言った。

「お前、女はしっかり捕まえとけよ。イイ女はゴロゴロ転がってるけど、本当に自分を好きになってくれる女は、なかなかいないからな」

「おっ、詩人じゃん。深いこと言うな、諭吉」

「実体験が豊富だからな。それにオレさ、最近はラッパーを目指してんだ。パンチラインを日々考えてる。だから伝えるぜ。金で女は買えるけど、真実の愛は買えないんだぜぇい」

「韻もクソもないけど、また名言じゃん。肝に銘じとくわ」

「だってよ。良かったじゃん、幸子ちゃん」

諭吉が幸子を見て笑った。幸子は、また困ったような微笑みを浮かべる。俺はそれを見て、やっぱ別れようと思った。こいつはやっぱ普通すぎる。

「そんじゃ、お前らの未来に乾杯だ」

諭吉が缶ビールをこちらに向ける。俺もそれに合わせる。幸子もひきつった笑顔で、缶チューハイを掲げた。

次の瞬間――ギャルルルルルという異音が聞こえた。遠いと思った。どこかのバカが車で張り切ってんのかなと思った。だけどその音は、どんどん近くなってくる。

「うるせぇな、なんだよ」

諭吉も気が付いた。

「さぁ？　なんだろう……」

俺が答えになっていない答えを言った数秒後だ。俺はいち早く大変なことに気が付いた。音の正体は軽トラだ。しかもそいつはすっかり人のいなくなった公園の中を爆走し、こちらに走って来る。

「おい諭吉、ありゃ……？」

「あん？　軽トラじゃん。こっちに来てねぇか？」

俺らがそう言った途端に、

「避《よ》けろ！」

誰よりも先にそう怒鳴ったのは、幸子だった。幸子はすでに軽トラと俺らが描く直線から飛び退いていた。そこで初めて俺も諭吉も気が付いた。あの軽トラは、こっちに突っ込んでくる気だって。

俺と諭吉は、ありったけの力で跳んだ。同時に衝突音。その先を見ると、軽トラが、さっきまで俺らが飲んでいた場所に突っこんでいた。

「危ねぇ、助かった」

俺がそう呟《つぶや》くと、軽トラの中から、男が現れた。

「よいしょっとね。あのねぇ、飲むのはええ。おじさんも酒は好きやからね。やけどゴミは拾って帰らんといかんぞ。それとな、公園で飲むのは普通に迷惑なんちゃ。お前らは公園で飲まんで、家で飲める立場やろうが。そういう人間は、わざわざ公園で飲むな。近所迷惑になるだけぞ」

オッサンが出てきた。しかもオッサンは全裸で、こっちを轢《ひ》き殺しかけたというのに、まったく悪びれる様子がなく、ワケの分かんないことを喚《わめ》いている。

「家でやれ。家で飲めんやつだけが、公園で飲む資格がある」

オッサンは怒鳴り続ける。

「てめぇコラァ！　オレらを殺す気かァ！」

もっとデカい声で諭吉がキレた。諭吉はオッサンを殴りつけ、オッサンの残り少ない頭髪を摑《つか》み、地面に引き倒した。そして「コラァ、おう、おう、コラァ」と怒鳴りながら、オッサンの頭を踏みまくる。蒸気で動く機械みたいに、正確かつ力強く、オッサンの頭を踏み続ける。そして何十発目かの一撃で、

——ぐじゅっ。

聞いたことがない音がして、諭吉が止まった。その諭吉の足を見ると、白いローファーが真っ赤に染まって、靴底にゲロみたいな何かがくっついてた。色は真っ赤と黒の中間くらいで、俺は、それがオッサンの脳みそだって気づくのに一分くらいかかった。

3

「死んだの？」

幸子が言った。その顔からは、一切の表情が消えていた。

一方の諭吉は、天を仰いだ。俺もつられて空を見る。今日は満月だ。雲一つない。夏の星が、降ってきそうだ。

「死んだのかって聞いてんだけど」

幸子が言った。

諭吉は答えない。俺は……何やら、俺が答えないといけない空気を感じた。

「いや、分かんないよ。頭蓋骨《ずがいこつ》って、人間の骨で一番硬いんだぜ？」

俺は頭の中が出ているオッサンを指さしながら言った。頭蓋骨の話は、なんかの漫画で読んだ。本当かどうかは知らない。と言うか、脳みそが出てたら関係ないか？　とは言え、とりあえずは……。

「まだ可能性はある。救急車を呼ぼうか。落ち着いていこうぜ」

俺がそう言うと、諭吉は素っ気なく、これまで聞いたことがないほど乾いた声で呟いた。

「死んだかって？　当たり前だろ。見りゃ分かるじゃねーか」

諭吉の顔からも表情が消えていた。頭が砕けたオッサンを見下ろし、頭を掻《か》いて、「やれやれ」と呟く。

そして諭吉は、携帯電話を取り出した。

「しゃーねぇ、ひとまず埋めに行くぞ。俺のツレを呼ぶから、待ってろ」

数分後、諭吉の友だち連中がやってきた。黒のハイエースで駆けつけたそいつらは、みんな諭吉と同じような格好をしていた。細いヤツもいたし、太いヤツもいた。和柄の刺青が腕にビッシリ入っているやつもいた。そしてそいつらは、一様に楽しそうだった。

「うへぇ、死んじゃってるじゃん。脳みそ出てんじゃん」

誰かが笑った。遠足に出かけた小学生みたいな、ウキウキ感のある声で。

一方の諭吉は冷静で、テキパキ指示を出した。

「こっちの男は、俺のツレだ。その横の女は、そいつの彼女。軽トラに、この二人と死体を乗せる。みんなは俺についてきてくれ」

諭吉の友だち連中は、みんなで力を合わせて、脳みそが出てるオッサンを軽トラの荷台に投げ込んだ。そして諭吉は、俺と幸子を軽トラの運転席に乗せて、ハンドルを握った。

軽トラが夜の道を走る。先頭は俺らが乗った軽トラ、二台のハイエースが後ろに続く。

静かな車内に、幸子が「オエッ」とえずく声が響く。俺は何か喋《しゃべ》ろうと思って、「まさか死ぬなんて、ビックリだよなぁ」と言った。でも、それ以上は話が続かなかった。

いる。

するとと諭吉が、

「厄介事に巻き込んで、悪いな」

ゆったりとした口調で言った。葉巻でも吸ってるような、そういうイメージが俺の頭の中に浮かんだ。俺は思わず「いえいえ」と返してしまった。幸子は相変わらず、えずいている。

諭吉は続ける。

「俺さぁ、けっこう偉い立場になったんだよ。色んな人が慕ってくれるし、先輩も後輩もいる。ちゃんとしないといけないって、いつも思ってる。実際、礼儀とか、ちゃんとしたよ。でも、短気だけは……どうにもならなくてさ」

「いや、まぁ」と俺は曖昧《あいまい》な返事をした。反応に困るというのが正直なところだ。俺は諭吉に憧れていたし、諭吉を友だちだと思っている。小学校を卒業してからも、夏と年末には毎年のように会っているし。それに中学や高校の頃に、諭吉から武勇伝を聞くのが好きだった。ある日、LINEで頭から下を砂浜に埋められているオッサンの写真が送られてきたこともあった。「やべぇことするなよ」と俺が返信すると、OKと書いたスタンプが送られてきた。そのとき俺は、俺も悪くなったような、強くなったような、誇らしい気持ちになった。

けれど今は、ちょっと違う。俺はどう反応すべきか分からなかった。友だちが人を殺した。そのことで誇らしい気持ちなんて湧いてこない。見ると聞くでは……いや、実際に現場にいるといないでは大違いだ。

　感情の整理がつかない。けれど諭吉は続ける。

「これから、あのオッサンを山に埋める。軽トラは、知り合いの工場で潰してもらう」

　諭吉が喋る。俺はまた「ああ、まぁ」と口から曖昧な音を出した。

　すると諭吉は深呼吸をしてから続けた。

「俺さ、この頃は高いレストランにも、よく行くんだよ。十何万って肉や酒が出てくるようなところだ。美味《うま》いぜ、マジで。だけどさ、俺はお前と公園でグチャグチャ言いながら飲む酒が一番好きだ。これはマジだ。だってさ、お前は大事な俺の友だちだから。ホーミーってやつだ。ほら、小学校の頃に、上級生とケンカしたこと覚えてるか？」

「それは……覚えてる」俺はやっと、ちゃんと言葉を発することができた。それだけは忘れられない。俺が諭吉に憧れて、諭吉と仲間になった日だ。

「あの時に、お前だけが俺の味方をしてくれた。ありがとう」

　諭吉の言った「ありがとう」はマジのありがとうだった。不思議なもんで、どんな状況でもウソのない言葉ってのは分かるし、ウソのない言葉は胸を打つ。諭吉の言葉に、俺は胸が熱くなるのを感じた。こんな真っ直ぐな言葉をぶつけられたのは、久しぶりだった。

やっぱり、諭吉は俺の大事な仲間だ。ホーミーだ。

「それで……悪いけど、オッサンと一緒に埋まってくれ。お前も、そっちの女も」

諭吉が言った。

4

深い穴だった。諭吉のツレが四時間かけて掘った穴だ。そこに俺と幸子、そして軽トラのオッサンの死体が投げ込まれた。

「やめて！　助けて！」と幸子が叫ぶ。

けれど諭吉は首を横に振った。

「無理だよ。お前の彼氏は真っ直ぐな男だ。人を裏切らねぇ、本物の男だ。だから絶対に警察に行く。ここで死んでもらわないと、俺が困る。オラ、さっさと埋めろ。長引くと俺が鬱《うつ》になる」

諭吉がそう言ってからは、土が矢継ぎ早に飛んでくるようになった。俺も幸子も、どんどん埋まっていく。

「やめてよ！　俺らは友だちだろ！」

俺は言った。その口に土が入って、むせる。

「だよ。お前は、俺の友だちだよ。ホーミーだよ。だから、悲しいんだよ」

「だったら助けてよ！」

俺が言うが、しかし諭吉は首を横に振るだけだ。

「できねぇ。今日まで俺は苦労してきたんだ。お前も俺の友だちなら、俺を助けると思って死んでくれ。お前の分まで、俺は頑張って生きるからよ。だから、死ね」

諭吉の「死ね」は冷たかった。その声で俺は、大事なことに気が付いていた。諭吉と、そのツレは手際が良すぎる。脳みそが出ているオッサンを、コンビニの棚卸しみたいなテンションで片づけてしまった。「かったるいけど、やるかぁ」って感じで、殺人に慣れている。

そのことに気が付いた途端に、俺の全身がガタガタと震えだした。俺は、本当に殺されるんだ。諭吉は絶対に助けてくれない。助けを乞《こ》うだけ無駄だ。何をしても逃げられないし、このまま生き埋めにされて死ぬんだ。生き埋め、窒息、苦しいだろう。だったら、どうせ助からないなら……せめて楽に殺してほしい。

「諭吉！　じゃあさ、せめてさ、助からないなら、楽に……」

「てめぇこらぁ！　助けてって言ってるだろ！　今すぐやめろ！」

俺の言葉が、かき消された。俺のすぐ隣から発せられたデス・ヴォイスで。それは幸子の声だった。臍《へそ》のあたりまで土に埋まった幸子が、鬼のような形相で穴の上に立つ諭吉たちを睨んでいる。

幸子が叫ぶと同時に、降って来ていた土が止まった。

さらに幸子は怒鳴り続ける。

「ふざけんじゃねぇ！　呪い殺してやる！　てめぇらみんなだ！　この穴を掘ったやつら、全員を呪い殺してやる！　家族もだ！　赤ん坊だろうがジジィだろうがババァだろうが、犬だろうが、猫だろうが、インコだろうが、みんな皆殺しにしてやる！　それが嫌なら今すぐ助けろクソボケがコラァ！」

幸子が怒鳴り続ける。土は止まったままだ。

「オラァ！　てめぇも言え！　このまま黙って殺されてぇのか⁉」

「え？　俺？」

急に話を振られた。けれど俺はアドリブに弱い。

「あ、えっと……」

俺は言葉を濁す。だけど、ただ濁しているだけじゃない。俺はこうも思った。ここで感情的になるのは、逆効果なんじゃないか？　今、どう考えても生殺与奪の権は諭吉たちにある。そうなると、ここで脅すよりも、現実的な着地点を見つけるべきだ。

「何とか言えよ！　こいつら、お前を殺そうとしてるんだぞ！」

そう怒鳴る幸子に、俺は言った。

「幸子、落ち着けよ」

「はぁ⁉　なんで落ち着かなきゃなんねーんだよ！」

「俺と諭吉は、ホーミーで、ファミリーだ。だから俺は、信じてる。諭吉は本気で俺たちを殺したりしねぇ。だよな、諭吉？」

俺は諭吉に言った。すると諭吉より早く、幸子が叫んだ。

「バッカじゃねーの！」

幸子はそう思うかもしれない。でも、俺には分かっている。男同士の約束がある。男同士にしか通じない、理屈を超えた何かがある。きっと、諭吉は――。

「うるせぇぞ、クソ女！　これ以上、余計なこと言わせんな！　埋めろ！」

諭吉が一喝すると、またツレの連中は土を俺たちにかけ始めた。

「誰がクソ女だ！　このクソヨゴレがぁ！　死ね！　死ね！　バラバラになって死ね！」

幸子が怒鳴り返す。

「やめろ、やめろ、幸子！　諭吉を怒らせないで！」

俺は必死に幸子を説得する。冷静になるんだ。助かる道は、感情的にならず、諭吉を説得することだ。俺たちは友だちだってことを思い出させて――。

「はぁ⁉　やめろって⁉　それ、言う相手が違うだろ！　あっちに言え！」

そう言う幸子の視線の先には、こちらを見下ろす諭吉がいる。

俺は、目を背けた。そして俺は、

「で、でも、あいつは、ホントはイイやつだから……」

俺が意見を言い終える前に幸子はますますキレた。

「クソ以下のヤカラだろうが！　お前はホントに死ね！　バカ！　あいつと話してる時、なんか偉そうにしてたけど、どうせヤカラの仲間入りした気になって、勘違いしてたんだろ!?　自分もこいつらみたいに強くて悪いヤツだって！　てめぇみたいなのが一番のクズなんだよ！　腰巾着役《こしぎんちやく》を貰《もら》っただけでニタニタして！　ああ、ホントに最悪！」

「そんなこと……」

俺は言葉に詰まる。そんなこと……あったからだ。

言われて気が付く。すべて幸子の言った通りだ。

俺は、単なる腰巾着だ。ただ諭吉と仲良くなっただけで、自分も強くなった気になって、凄い男になったような気になっていた。でも、そんなのは錯覚だ。

思えば最初からそうだ。公園に侵略に来た上級生たちに、俺は内心で屈していた。それがほんの少しだけ声を出すタイミングがズレただけで、俺は諭吉に認められた。あのときは、その数秒の我慢が俺の強さだと思った。そうじゃないんだ。単に優柔不断なだけの自分をカッコよく肯定するために、自分を騙《だま》したんだ。だって実際は、何もしていない。俺は何もしていないのに、理不尽を乗りこえ、勝った気持ちになった。そのうえに調子に乗って、ただイイ気持ちになりたいだけで、諭吉と一緒にいた。そして今、埋められようとしている。

そして諭吉は、俺を埋めるような人間なんだ。そんな人間に気に入られたことを誇らしく思い、憧れ……ああ、なるほど。俺は単なるバカの臆病者《おくびようもの》だ。今だって、俺は「冷静になろう」とか「現実的な脱出策を練ろう」とか思っていたけど、それだって自分を騙すウソだ。諭吉にキレる勇気がない。そして、ここで逆らっても無駄だって、諦めてしまっているんだ。そんな俺に比べて……。

「ペッ！　ペッ！　オラァ！　埋めるなら覚悟しろよ！　てめぇら絶対に呪い殺す！　イヤッハハハハ！　皆殺しだ！　家族が見ている前でバラバラにしてやる！　生きたまま内臓を引きずり出して、それを壁にかけて飾ってやる！　呪ってやるぅぅ！」

幸子は泥まみれで叫ぶ。喉が裂けたんだろう。唾《つば》と一緒に血が口から飛んでいる。だけど、その姿は、カッコよかった。幸子はこの状況にありながら、怒ることが出来ている。闘志が溢《あふ》れている。諦めず、戦っている。なのに、俺は……。

不意に、俺の足もとに生ぬるい熱が発生した。温泉が湧いた？　と思ったけど、それにしては温度が低すぎる。その生ぬるい感じが、足もとから俺の体を這いあがり、上へ上へと上っていく。その感じが顔面近くまで来たとき、俺は正体に気づいた。

「きゃぁぁぁぁぁぁぁぁぁ！」

俺は自分でも信じられないほど高い声の悲鳴を上げた。俺の体を這いあがっているのは、

あの軽トラ男の脳みそだった。ゼリー状の脳みそがブニュブニュと、ウミウシみたいに俺の頬をつたっている。同時に、

――ガルォォォン！

エンジン音がした。

「誰だ！　軽トラにエンジンかけたのは⁉」と諭吉が叫んだ。けれど「いや、誰も乗ってないよ」「勝手にかかった？」チンピラ連中の困惑した声がした。

すると今度はメキメキと俺の足もとが揺れ始めた。

次の瞬間、間欠泉が噴き出すみたいに、足もとが爆発した。そして、俺は見た。地面の底から、軽トラのオッサンの肉体が跳ね上がっていくのを。その衝撃で、俺と幸子は乱暴に穴から引っこ抜かれ、宙を舞った。

そして俺は見た。信じられない光景だった。

だって軽トラが変形を始めていたんだ。でっけぇカマキリに。

5

カマキリは強い。俺は知ってる。何せあいつらは鎌を持ってる。子どもの頃、それこそ上級生たちが諭吉にカマキリ丼を食べさせようとしたとき、俺はカマキリを捕まえようと

して手をケガした。小さなカマキリでも、十分に怖いんだ。俺はそんなことを思い出した。目の前の光景が恐怖そのものだったから。

ガキン、ガキンという金属音を立てながら、軽トラが変わっていく。サイドから足が生えて、フロントガラスがグニャグニャと曲がって頭になって、タイヤと金属が混ざり合って、大きな鎌になった。

全員が黙ってた。チンピラたちは直立不動で、諭吉は腰を抜かしていた。かく言う俺は失禁した。勢いよく。ズボンがビシャビシャだ。

そして、これはたぶん、俺だけが気づいた。あの軽トラオッサンの脳みそと、埋められていて地面から爆《は》ぜて飛び出した肉体が、ウミウシみたいに、ずるずると軽トラの方へ這って行くのを。そいつは、今やすっかり巨大カマキリに変わった軽トラに付着して、素早く、ちょうどゴキブリが物陰に隠れるように、金属のボディの中へしゅるりと消えた。

同時に、巨大なカマキリが吠えた。鋭い金属同士をぶつけたような、まさに金切り声だった。そしてカマキリは、その鎌を振った。たった一発。しかし三人のチンピラの上半身が宙を舞う。三人分の下半身だけは相変わらず、何もなかったみたいに地面に立っている。悲鳴が上がったけど、それは良くないと俺は思った。また一振り、今しがた悲鳴を上げたチンピラに鎌が飛んだ。そいつは頭から鎌を受けて、股間《こかん》まで縦に真っ二つになった。

「ナメんじゃねぇぞ、カマキリ！」

チンピラの一人がそう叫びながら、金属バットでカマキリを叩《たた》いた。カキンという音がして、殴った方のチンピラが吹き飛んだ。カマキリはそいつの方へ素早く移動し、前脚で捕まえ、持ち上げた。「ごめん！　ウソです！」チンピラはそう言ったけど、頭から食われた。

鎖骨から上を失ったチンピラの胴体から、血が噴き出す。食べこぼしの内臓や骨、肉片があたりを飛び交う。俺は、ただじっとそれを見て――。

「逃げるぞ！」

幸子が言った。

「走って、逃げる！　それだけしかできねぇって！」

幸子はそう言って、カマキリの反対方向を指さした。

「いや、無理だよ」

俺はそう返した。実際、そう思ったんだ。だって相手は、金属製の巨大カマキリだ。どうやっても逃げようがない。俺はここで死ぬんだ。

「そうか。私は逃げる」

次の瞬間、幸子が駆けだした。チンピラの悲鳴が響く中、真っ直ぐに闇の中へ駆けてゆく。その背中を見て、俺は夢から覚めるような感じがした。そうだ、その通りだ。逃げられるかどうかは分からないけど、このままここにいたら死ぬ。

俺は走り出した。その時、視界に諭吉が入った。諭吉は腰を抜かしたまま、地面を這いながら「助けて。起こして」と叫んでいた。俺は……考えた。そして助けに行こうと思った。でも、それは無理だ。カマキリが近くにいすぎる。手を貸しに行けば、俺は確実に殺される。諭吉には悪いけど、死にたくない。

だけど俺は、諭吉に「走れ！」と叫んだ。走ってほしかった。あいつは俺と幸子を殺そうとした。たぶん、あの手慣れた感じからして、他にも人を殺していると思う。あいつから聞いた武勇伝……という名前の、悪行をたくさん知っている。たぶん多くの人間にとって、死んでもいいクズだろう。何より、俺と幸子も殺されかけた。

でも俺は、あいつを十数年の友だちだと思っていた（さっきまでだけど）。それも事実だ。だからせめて、

「走れ！」

俺はもう一度叫んだ。もう俺の視界の中にいない諭吉に。これが今の俺に出来る精一杯だ。だって俺は死にたくない。俺は立ち止まらず、幸子に追いつかないといけないんだ。でも諭吉にだって、出来れば死んでほしくない。

「幸子！　俺は無事だぞ！　そのまま走れ！」

俺が叫ぶと、

「私も無事！　走れ！」

暗闇の中から幸子が答えた。

俺はついに、カマキリが見えないほど距離を取れた。そして、

「走れ！」

最後に叫んだ。幸子に向けて、そして諭吉に向けて。しかし帰って来たのは諭吉の悲鳴だった。「怖いよう、怖いよう」。子どもみたいな泣き声のあと、「がじゅぼっ」という音がした。俺には容易に想像がついた。諭吉が頭から齧《かじ》られたのだ。あれはカマキリのアゴの力で頭蓋骨と脳みそが砕けて混ざり合う音だ。さっきもチンピラで聞いたから、分かる。

俺は走った。幸子の後を追って、全力で。

6

朝が来た。幸子と俺は、山を駆け降りて、近くの民家に転がり込んだ。ばあさんが住んでいて、泥と血でベッタベタの俺たちを見て、ばあさんは冷静に通報した。そして俺たちに事情を聞かず、ただ庭で休むように言った。冷たい麦茶を出してくれた。

俺も幸子も保護されて、着替えて、取り調べを受けた。ありのままの起きたことを喋った。諭吉が軽トラに乗った男を殺して、ついでに俺らを殺そうとした。そしたら軽トラが巨大カマキリに変形して、軽トラ男の脳みそと死体がそれと合体して、暴れ出して、チン

ピラ連中を皆殺しにしたんだ。

俺と幸子は薬物検査を受けることになった。ついでに諭吉が、いわゆる半グレ業界じゃけっこうな有名人で、大麻や合成麻薬系を売りまくっていたと聞いた。

警察は現場で死体を見つけた。十数人分くらい、と警察は言った。「くらい」なのは、死体の状態が悪くて、判別がつかない部分があったからだ。ベテランの鑑識が吐いたと聞いた。警察官たちが「本当に巨大カマキリなんですか?」「バカを言え。お前も検査を受けてこい」と笑い合っているのを見た。

俺と幸子は、入院することになった。ベッドは隣同士だ。普通は男女別だが、俺らは同じ事件の、しかも極めて珍しくて猟奇的な大量殺人の唯一の目撃者ということで、同じ部屋で監視されることになった。

入院生活は、退屈そのものだ。いや、退屈だけならいい。俺の横には、幸子がいる。

醜態を晒《さら》す、という言葉がある。時代劇とかで聞く言葉で、まさか日常で使うとは思わなかった。でも、今の俺は「醜態を晒した」としか言いようがない。

幸子の目が厳しい。巨大カマキリから助かってから、俺たちのあいだに会話はない。もちろん、「大丈夫?」とか、「次に先生来るの、何時だっけ?」とか、そういうレベルはあるけれど。

今日もそうだ。俺は黙って横になる。幸子も黙って寝ている。

そんな気まずい時間に慣れてきた時だった。

「あのカマキリ、何だったのかな?」

幸子が言った。

「分からない」

俺は答えた。本当はこれを糸口に、幸子と話がしたかった。でも、質問が悪すぎる。そんなの分かるワケないじゃないか。軽トラが変形した。オッサンの脳みそが合体した。そして動き出して、人間を殺して食った。どう整理しても、意味が分からない。

「でも、考えなきゃ。また来るかもしんないじゃん」

幸子が言った。俺は会話が通じていないようで、少しだけムッと来た。

「いや、考えたって無駄だろ。あんなもんの正体なんて、考えるだけ無駄だよ」

すると幸子も、ムッとした調子で返してきた。

「そうじゃない。次に会ったらどうするかを考えるんだよ」

「二度と会いたくないよ。俺は」

俺が答えるが、幸子は言う。

「そんなの向こうが決めることじゃん。こっちが会いたくなくても、向こうに来る理由があるなら、来るよ」

「そんな理不尽なこと……」

そこまで言いかけて、俺は黙った。幸子の言う通りだ。

理不尽なことは、いつ、誰にだって、どんな形でも起こる。子どもの頃に上級生の侵略に遭ったのも、軽トラが突っ込んで来たのも、その軽トラがカマキリに変形したのも、理不尽だ。そこに意味なんかないし、いつ、どういう形で起きるかも分からない。

だけど、起きたあとに、どう振る舞うかは決められる。

「いや、幸子の言う通りだわ」

そして俺は、言うべきことを言った。

「謝ってなかった。ごめん。俺、幸子のことをナメてた。幸子のことを、軽んじてた。そして、間違った相手に、間違った憧れを持ってた。諭吉は友だちなんかじゃなかった。単なるクソ野郎だ。そして俺は、そのクソ野郎の友だちだと思って調子に乗ってる、もっと酷《ひど》いクソ野郎だった」

「あん？」と幸子がこちらを見る。

「俺、やっと気が付いたよ。本当にごめん」

俺は頭を下げて、続けた。

「それで……そうだと思う。またカマキリに襲われるかもしれない」

俺は、考える。もし今、あのカマキリが来たら？　まずは逃げるべきだ。それでも追われたら、戦うべきだ。戦っても負けるなら……。

そのとき、悲鳴がした。次に窓ガラスが割れて、人々が逃げ回る音。そして建物全体が揺れた。俺は悟る。来たんだ。結論を出す前に。

「デカいカマキリが！　屋上に！」

誰かが叫んだ。次の瞬間、窓をブチ破って巨大な前脚が俺らの病室に侵入してきた。

幸子は跳ね起きる。そして当たり前のように叫ぶ。

「走れ！　逃げるぞ！」

幸子は走りだしていた。俺も立ち上がる。だけどカマキリはスルスルと病室の中に入って来た。すぐに気が付いた。追いつかれる、俺も幸子も。

その確信が芽生えた瞬間に、俺は回れ右をした。そして叫んだ。「幸子、逃げて！」

俺は俺を、幸子のために使おうと思った。そうすれば、昨日の夜に助けてくれた幸子に少しは恩返しできる。それに今までの調子に乗ってた自分とは違う、本当にカッコいい男になれるとも思った。こんな時にもカッコつけたがるのだから、俺はそうとうなナルシストだなと我ながら呆《あき》れた。そして、なんだかんだ言って、幸子が好きだったんだ。俺は。

「来いやぁぁぁ」と叫ぶ俺を、カマキリが前脚で掴んだ。パキンパキンとリズミカルに肋《ろっ》骨《こつ》が折れる音がして、俺は「こばぁ」と叫ぶ。巨大な口が迫って来る。上アゴと下アゴが大きく開き、その中央に真っ黒な暗闇があった。怖い。俺は悲鳴を上げ、「助けて、助けて」と叫んで、またしても失禁した。

直後に「がじゅぼっ」と、俺の頭を砕く音。その音は、ハッキリと聞いた。そして頭蓋骨が砕け、脳みそがグジョングジョンと咀嚼《そしやく》されていく。痛みはなかったが、生きている感覚はまだあった。それに目玉は潰れていなかった。

だから奇跡的に、俺は見たんだ。

窓の外、病院の庭まですでに逃げ延びている幸子の姿を。そこには警察もいる。恐らく安全圏に、幸子は逃げた。だったら、俺は死ぬけど、まぁいいや。いや、むしろ…俺みたいな最低の男にはもったいないほどの……。

――ぐちゅぱっ。ぼりぼり。ごっくん。

たとえば浮気された女性が、居酒屋で痛飲したとする。すると偶然にも昔の彼氏と再会し、酒の勢いで一線を越えようとする。そこに殺人ザリガニを放つような仕事をおじさんはやっとる。何でそんなことをって思うけど、これが仕事やから。喜んでくれる客のためにも、生活のためにも、放たざるをえんのよ

1

安川恵子《やすかわけいこ》は、ごくごく平凡に歳を取った。子どもの頃に思い描いた悪い意味で平凡そのままの人生、普通に就職して、結婚して、家庭を持った。もちろん彼女はもう子どもではない。今の時代に、この平凡を得るのがどれだけ難しいか分かっていて、維持するのもまた同様に困難だと理解していた。住まいは東京23区内。もっと家賃の相場が安い場所へ移りたいが、夫も自分も残業――終電での退勤が当たり前――で遅くなる日が多いので、多少は高くても23区内にいたかった。少しでも早く家に帰って、家のベッドで寝たい。三五歳の体は、会社の椅子や机の下で眠るには歳を取り過ぎている。

月から金はクタクタになるまで働いて、土曜日は平日に手を付けられなかった家事をやる。日曜日は夫と出かけて、それなりに笑って、また月曜日を迎える。結婚して五年、この生活がずっと続いていた。たまに会う独身の友だちには「しっかり生きてるね」と言われる。しかし、そのたびに小さいが、確実な違和感を覚えた。

――確かにしっかり働いてるけど、しっかり生きてるやろうか？

最近、結婚した理由を考えることがある。結婚したのは、夫がいい人だったからだ。夫は友人経由で知り合った同業者で、年齢は自分より一つ上。元気で、常に明るい。初めて会った日の夜に、「また会えないかな?」とすぐに連絡が来た。そして何かにつけてプレゼントをくれて、いざという時に金はケチらない。揉《も》めることはあっても、必ず夫から頭を下げる。

そんな人間からさしのべられた「結婚してください」という手を、「ごめんなさい」と払いのける理由は、恵子には見つけられなかった。世間一般的にちょうどいい年齢でもあり、両親の目も厳しさを増していたから、渡りに船だと結婚した。

けれど、結婚情報誌を買った頃から、何かが違うと感じた。何種類もの大小さまざまな違和感の波が、心をザワつかせた。そして最大のビッグウェーブは、結婚式の当日にやってきた。司会者の「初めての共同作業です!」の言葉に促され、夫とウェディングケーキにナイフを入れた。招待客たちはみんな笑って、写真や動画を撮ってくれる。拍手と歓声に包まれる。両親への手紙の朗読と並んで、結婚式の最も盛り上がる箇所の一つだ。疑う余地もなく、幸せな空間のはずだ。しかし恵子は驚くほど冷静な自分に気が付いた。そもそも前日にも「あれ? そんなに楽しみじゃないぞ」と思ったが、いざ本番になれば幸せに感じると思っていた。けれどズブズブとスポンジを割っていくナイフを見て、とある疑問が浮かんだ。

——みんな笑顔やけど、これってそんなに楽しいんかな？

もちろん疑問は口に出さず、笑顔（意識できる限り、全力で口角を吊《つ》り上げて）で、結婚式を終えて、翌日は顔面が筋肉痛になった。

結婚後も違和感は消えなかった。夫は変わった様子はない。記念日や誕生日は忘れないし、何もない日でも、「会社帰りに見かけたから」と、ちょっとしたお土産を買ってきてくれる。性生活だって充実していて、彼と過ごす時間は、決して悪くない。けれど心のどこかで思ってしまうのだ。

——本当にこれでいいんかな？　何かが違う気がする。

心の奥底の声は脇に置いて、その日も恵子は働いていた。彼女の仕事はＷｅｂアプリの制作ディレクションだ。ディレクターと言えば聞こえはいいが、ようは上と下を繋《つな》ぐ中間管理職であり、一癖も二癖もある専門技術者のケアを行う役回りだ。分単位の会議で一日がビッシリと埋まる。彼女のGoogleカレンダーは様々な色が隙間なく埋まる現代アートのようで、長く見ていると、目がチカチカしてくる。

そんなものをずっと見つめていたからだろうか。その日の夕方、恵子は会議中に倒れた。理由は自分で分かった。貧血だ。今週は月曜から特に忙しかった。家に帰って、メイクを落として、風呂《ふろ》に入って寝る。起きたらすぐにメイクをして、朝を抜いて出社する。いつも抜いた分だけ昼ご飯をガッツリ食べるのだけど、今日は時間がなくて昼休みが取れなかった。あれが良くなかった。単純な空腹が原因だ。けれど良かったこともある。倒れたのは社内のエンジニアに仕様を説明する会議だった。社外の人間に見られていたら、大事になっていただろう。

恵子は「大丈夫ですから」と言ったが、周りのススメで早退することになった。金曜、午後五時きっちり。こんな時間に会社を出ることは稀《まれ》だ。終電以外の満員電車に揺られるのは、いつぶりだろうか？　金曜は、とりわけ駆け込みの仕事が入りやすい。

電車に揺られること数十分、恵子は家に帰り着いた。四階建ての低層マンションの三階。そこが彼女と夫の家だ。エレベーターはない。三階までの階段を上っていくあいだ、ふと彼女は気が付く。夫に早退すると教えていない。しまった、もう今から近所のコンビニまで歩く気力はないから、部屋に帰ったら、適当な晩ご飯とスポーツ飲料でも買ってきてもらうように連絡しよう。やっぱりまだフラフラする。

ドアに鍵《かぎ》を差し込み、回す。ドアが開くと、そこには靴があった。仕事に出ているはずの夫の靴と、見知らぬ女物の靴。途端に心臓が高鳴る。貧血の症状ではない。むしろ、自分にはこんな大量の血が流れているのかと驚くほど、つま先から頭のてっぺんまで、血管が隙間なく騒ぎだす。

廊下の向こう側、うち扉の向こうから、かすかな声がした。そこには台所と小さなリビングがある。リビングにはソファーとミニテーブルとテレビが置いてあって、ささやかな憩いの場だ。

うち扉の向こうから声がした。夫の声、そして見知らぬ若い女性の声だ。ただの声ではなく、そういう声だった。男と女が、そういう時に出す声だ。たやすく光景が思い浮かんだ。リビングのソファーで絡み合う、夫と見知らぬ女。

恵子は自分でも驚くほどに冷静だった。静かに後ずさりして、ドアから家の外へ出る。そしてスマホで夫へメッセージを送る。

「今日は早く会社を出れそう」

既読マークがついて、返信が届く。

「了解。俺は遅くなりそう」

恵子は、なおも冷静だった。怒りもない、悲しみもない。むしろ何もない。空っぽのまま、階段を下りる。マンションが遠ざかり、空が薄暗くなり始める。十二月の風は冷たい。けれど今夜は我が家に戻らないと決めた。恵子は財布の中にキャッシュカードがあって良かったと思った。貯金はそれなりにあるから、このままどこへだって行ける。ふと雨の匂いがした。もし降り出したら、百均で傘を買おう。

2

恵子は電車を乗り継いで、学生時代によく遊んだ街へやってきた。学生が多い飲み屋街で、結婚してからは来ていなかったが、彼女はこの街が大好きだった。友だちと酔っぱらって、路上で歌って、電信柱に吐いた。もうずっと昔の話だが、あれは楽しかった。そんな思い出の居酒屋たちは、相変わらず若者たちで繁盛していた。当時の自分のように、男も女もギャハハハと腹を抱えて笑っている。恵子は「そういえば最近、こんなふうに爆笑してないな」と思った。夫と飲むとき、会社で飲むとき、常にそこには、少しの礼儀と打算が必要だった。

街は変わっていない。若者たちが大声で笑って、何をしているか分からない中年たちも笑って、みんな酔っていた。おまけに変態もいた。軽トラに乗った裸の男が警察官に囲まれている。軽トラの男は叫ぶ。「こっちなんも悪いことしとらん。仕事よ。したくもないけど、やらんといかんのよ」

そんな猥雑《わいざつ》な喧騒《けんそう》を通り抜けて、お目当ての居酒屋へ向かう。

恵子はビールとモツ煮込みと串《くし》盛りと、ポテトサラダを頼んだ。これは一人でこの店で飲んでいたときの定番だった。

「ハイヨ、オマチデース」

店員さんは名も知らない外国の人になっていたが、変わっているのはそれくらいで、料理の味は昔と同じだった。ゴロンとしたモツの濃い味の煮込みは、ひと口食べるごとにお腹が空《す》いてくる。恵子はさらに思い出す。

——そうやった、私は元々、こういう濃い味の居酒屋メニューが好きやった。

恵子の夫は気の利いた居酒屋を見つけてきてくれるが、こうした雑然とした店は避けていた。当時、そういうところが新鮮に映ったが、同時に少しの寂しさもあった。

——でも、どうして寂しいなんて思ったんやろうね？

そう考えたとき、すぐに恵子は「ああっ」と声を出した。やっと気が付いた。ずっと抱いていた違和感の正体に。夫は私の好きなものを聞いたことがない。嫌いなものは必ず確認してくれたけれど、好きなものを聞いてくれたことはなかった。付き合っていた当時から、結婚した今まで。自分がこの手の居酒屋が好きなことも、濃い味のモツ煮が好きなことも、彼は知らない。彼は聞いてこなかったし、聞かれなかったから私も答えていない。いつも私が誘うより先に、夫が店を用意してくれた。そこは美味《おい》しくて、清潔感もあって、居心地のいい店ばかりで、嫌な思いは一切していない。けれど、私が好きな店でもなかった。

夫は私の好きなものを知らない……そう気が付いた途端、恵子の中でいろいろなものが繋がって、ひとつの結論が出た。

夫は、単に人付き合いが上手《うま》いだけなのだ。行動力があり、小まめにケアをして、一緒にいる相手を退屈させない。夫は誰にとってもイイ人で、それが当たり前だった。逆にいえば、誰にも特別なことをしていない、ということだ。そして恵子自身も、彼から特別なことはされていなかったのだ。

一方の自分にも、問題があったことに気が付いた。そんな夫の態度を誠実だと感じた。特別に扱われていると感じた。好きだから結婚したのではない。特別な人だとして接してくれる、彼の礼儀に応《こた》えなければと思って結婚した。これだけ愛してくれる人なのだから、私も愛さなければ、と思った。

何かが違うと思って当然だった。

夫は、別に私を特別な人だと思っていなかった。

私は、夫に特別な人だと思われていると思った。

ボタンの掛け違いのように、根本的に大事な部分がズレていた。最初から。

その結論に達したとき、恵子の目からゆっくりと涙が落ちた。この数年間、自分は大いなる勘違いをしていたのだ。自分と夫は、特別な関係にあると思った。この関係を維持するために、できることは全部やった。仕事で苦しくて、もうダメだと思ったときだって、今の生活を維持するためならと踏ん張れた。特別なあの人のために頑張ろうと思った。けれど、そんなものは初めから勘違いだったのだ。夫にとって自分は特別な人間ではなかった。じゃあどういう人間なのか？　かつて好かれていたのは事実だろうけど、現時点ではそうじゃない。だって夫は、今この瞬間も会社に行ったとウソをついて、女を家に連れ込んでいるのだから。いや、夫の気持ちなんてどうでもいいのだ。問題は事実だ。自分が浮気をされたことが問題なのだ。

「最悪やなぁ。なんしよんか、私は」

思わず地元の九州弁が出た。方言は乱暴に聞こえるから、上京時に封印していた。けれど今は、言葉を取り繕う余裕もなかった。

涙が止まらないが、何故だか笑えた。気持ちの整理がつかない。いや、最初からついていなかった。この街に来たときからか、夫の浮気現場を見たときからか、それとも、もっと前の……結婚した時からか。ずっと気持ちの整理なんて、できていなかったのだ。

深く息を吐いて、状況を整理しようとする。恵子は知っていた。ディレクションに大事なのは、事実を洗い出して整理することだ。今、はっきり言える事実は、今まで信じてきたものは、すべてウソだったこと。夫も、自分も、ウソを基調方針にして生きてきた。勘違いしていた。認識の齟齬《そご》があった。それだけの話だと思うと、くだらなくて笑えた。

「オキャクサン、ダイジョーブ？　ＯＫ？」

店員さんが話しかけてきた。恵子は「大丈夫、大丈夫」と返した。

そのときだった。

「あ、あの！　あなたって、もしかして……恵子先輩じゃないですか？」

聞き覚えのある男の声がした。

3

鎌田《かまた》康人《やすと》は、金がなかった。彼は正社員として週五で働いている。残業時間だってハンパじゃない。人並み以上に働いている自信があったが、それでも彼は金がなかった。元々の給料が安いので、単純な生活費で給料はガッツリ削られる。自炊する時間も心の余裕もないから、外食やコンビニに頼っていて、食費はかなりの額になっていた。そして会社で先輩らから、出たくもない飲み会に誘われれば……自由にできる金は、ほんのわずかしか残らない。

そんな康人にとって、唯一の外せない金の使い道は、近所の安い居酒屋で飲むことだった。安くて、量が多くて、いかにも大学生向けの居酒屋だ。世間一般の三四歳にとっては、少しキツい味と量かもしれないが、ここが一番安心できた。九州のド田舎から就職で上京してきて初めて見つけた安心できる場所だ。東京の居酒屋は、一品一品が九州の居酒屋と比べてドキっとするほど高い。この店は九州と同じか、ものによっては九州より安い。

そんな店で金曜の夜に一人で飲めるのは、康人にとって奇跡だった。たまたま上手く行って残業もなく定時に退勤できて、おまけに誰にも誘われなかった（みんな残業で死んでいた）。こんな夜は滅多にない。だから今夜は少し多めに、上限三千円と設定して一人で飲むつもりだった。しかし、

「ねぇ？　ねぇ？　バカみたいでしょう？　私さぁ、かなり頑張ってたんだよ。働き方改革があるまでは、タイムカードなんてデタラメしか書いてなかったもんね。メチャクチャ働いて、休日出勤しなくて済む様にして、恋人やって、夫婦やってたわけよ。すっごく頑張ってたのに、でも、それでも浮気されてたからね。くっ……ははは！　何やろうね、何でこうなるんやろう？　男心は分からんちゃね～」

思わぬ相手と再会してしまった。向井《むかい》恵子、苗字《みょうじ》は結婚して「安川」に変わっている。けれど間違いなく、中学時代の部活の先輩であり、そして初めて付き合った彼女だ。そんな女性が夫に浮気をされて、目の前で酔っぱらっている。

「いや、そんなん分からないっすよ。恵子先輩」

康人が返す。

「分からないじゃ困るんだよ。いい？　私はね、今ね、心の底から相談してるわけよ。なんだって浮気されなきゃいけんのや？　しかも家に女を連れ込むとかね、もう最悪やんか。相手の家か、せめて最低でもラブホを使えって話よ」

「あ、そりゃそうっすね。最低でもラブホっすワ」

「そうそう。最低でもラブホ。わははは」

先輩は変わっていなかった。九州のクソ田舎の中学校の漫画研究部の部長で、いつか週刊連載を勝ち獲《と》ってやると息巻いていた。少女漫画を描いていて、何度も投稿しては落ちていた。けれどまったくへこたれず、「編集に見る目がない！」とうそぶいて、豪快に笑い飛ばし、新作を描き続けていた。そんな恵子の姿に、フラフラ生きてきた康人は憧《あこが》れた。生まれて初めて出会った人生の目的を持つ人間は、とても眩《まぶ》しくて、自分もこうなりたいと思った。

それで康人も、四コマ漫画の投稿を始めた。絵もストーリーも酷《ひど》いものだったが、恵子に「面白いね」と言ってもらえると嬉《うれ》しかった。やがて二人で漫画のアイディアを練るようになると、何かとてつもない悪事をしているようで興奮した。他の部員からは「趣味の範囲でやろーぜ」と冷たい目で見られることもあったが（むしろその視線への反発からか）、ますます二人で過ごす時間が増えた。そして気が付くと恵子のことで頭がいっぱいになって、漫画のことが考えられなくなった。それで康人は恵子に「好きだ」と言った。それから付き合うことになって、先輩と後輩ではなく、彼氏と彼女になったのだが……それが良くなかった。急に出来た肩書きに、二人揃って振り回された。漫画のアイディアを練る時間をデートに変えて、慣れない場所へ出かけた。あまり楽しくない動物園デートのあと、内心では「こんな感じなら、漫画のことをやりゃ良かった」と思っても、口に出すことができず、「楽しかったね」と取り繕った。そんな関係が長続きするはずもなく、やがて恵子の卒業と同時に、二人の関係は自然消滅した。それが……。

「あの時は、私ら若かったんやろうねー。彼氏と彼女になっても、それまで通りフツーにしてれば続いとったかも」

「それ、オレも思いますね。やっぱほら、カップルになったらデートとか、そーいうのしなくちゃって思うじゃないっすか」

「うんうん。今になって思えば、漫画のアイディアを練るのが、あの頃の私らにとっては一番のデートやったんよ。それが変に形から入ったから……」

「オレもそう思います。なのに無理してあっちこっち行ったから。あれじゃフェードアウトして当然ですよね。ハハハ」

「でもね〜、あの頃は楽しかったなぁ。ほら、お互い漫画家になれるって本気で思ってたし、実際、本気やったやん?」

「漫画ばっか描いてましたもんね。でもSNSをやってなくて良かったっすよ。オレ、けっこうブラックなネタに流れた時期もあったし……」

「あー！　あったー！　なんか政治ネタやってた！」

「あんなもんが世に出ていたら……たぶん現在進行形でバカ扱いですよ」

「アハハハ、やと思う。永遠に残る恥になっとったね」

「それか変にバズって、ワケ分からん政治家とかに声かけられて、その気になってたかもですね。いやぁ、人生って紙一重っすワ」

康人は自分でも驚いていた。話題がポンポンと出て来る。先輩を見つけたとき、彼女は泣きながら笑っていた。何でそうなっているのかと話を聞いたら、最低の話だった。正直、何を話すべきか分からなかった。話しかけなければ良かったとも思った。けれど、ぎこちなかったのは最初だけで、すぐに思い出話に花が咲いた。話したいことは山ほどあったし、ちょうどよくお互いに大人になっていた。

「でも、やっぱ世の中って上手くいかないもんっすね。オレ、けっこう頑張ったんです。大学に入ってからも漫画を描いて、一回だけ編集さんとも話したんですけど、そこまででした。で、就職で上京したら……そっからはずっと社畜って感じです」

「それを言ったら、私だってそうよ。大学入って、上京して、漫画家になろうとして、アシスタントもやったんだよ？　でも、結局はそこまでだった。あとは普通に就職して、そんで結婚した。で、浮気された」

そこまで言って、恵子が手元のジョッキに満杯のビールを一気飲みした。

「飲もう！　どうせ明日は土曜日だし」

「付き合いますよ」

二人は気が付かなかったが、外では静かに雨が降り始めていた。

4

「先輩、やっぱダメだと思います」

康人はワンルームの我が家で、恵子に言った。窓の外からは、雨が降る音が聞こえる。

明日の朝まで降り続けるだろう。

「なんで?」

恵子はコンビニで買ったお泊まりセットで、寝る準備をしながら聞き返した。

「色々あったのは分かりますけど、オレん家《ち》に泊まるのはダメですって。仮にも既婚者なんっすから」

「ああ、そういう話」

「『ああ、そういう話』じゃないですよ。っていうか、家に連絡って入れたんですか?」

「昔の友だちに会って、盛り上がったから、今日はその子の家に泊まるって伝えた」

恵子が携帯電話を康人の方にポイっと投げ渡した。そこには夫へ送ったメッセージと、夫から送られた了解のスタンプがあった。

「……分かりましたよ。ただ、本当に泊めるだけですからね?」

康人が尋ねると、

「泊まる以外に何かあるの？」

恵子が返す。康人は「なっ」と顔を真っ赤にした。その様子が、恵子にはとても懐かしく見えた。そうだそうだ、こういう感じだった。これまで何人かと付き合ったけれど、こういう事を言うと、相手は決まってこういう顔をする。それを見るのが、恵子はけっこう好きだった。

「いいから寝ましょう」

そういって康人は床で、恵子はベッドで横になった。康人は、この冬のためにホットカーペットを買っておいた自分に感心した。そして、

「寝ますよ。タイマーは十時でイイっすか？」

「うん。ありがとね」

電気を消して、「おやすみなさい」と言った。

それから、十数分。

「……楽しかった。ありがとね」

恵子が言った。本当に楽しかったからだ。つい数時間前まで人生最悪の日だったが、今はそれほど悪くはないと思えた。

「私さ、久々に標準語や敬語なくて、普通に喋《しゃべ》れた。あとバカバカ酒も飲めた。楽しかっ

た。マジで、そう思ってる」

恵子がそう言うと、康人が尋ねた。

「標準語はアレとして、普段は敬語なんっすか？」

「うん。会社の飲み会では敬語の方が楽やから。旦那《だんな》だって、年上やしね」

「旦那さんとは、敬語じゃなくていいじゃないっすか」

「でも、年上やからさ」

「いやいや、夫婦って、そういうもんじゃなくないっすか。オレなら……」

康人は言葉を少しだけ止めて、

「年齢とか関係ないっすよ。夫婦っていうのは、対等っていうか……特別な相手じゃないっすか。オレが先輩と結婚してたら、タメ口で喋りたいし、常識とか礼儀より、先輩が楽しい感じで喋って欲しいっすよ」

康人はそれだけのことを言ったあと、「すみません、余計なことを言ったかもです」と付け加え、黙った。

けれど恵子は、「特別な」……康人のその言葉で、胸に小さな火が点《つ》いたのを感じた。同時に今の康人の言葉を「余計なこと」で終わらせたくなかった。

「……余計なことなんて、言ってないよ」

恵子はそう言って、静かにベッドから降りた。そして床で自分に背を向けたまま寝る康人を見下ろし、尋ねる。

「こっち、向かないの？」

康人は答えなかった。単純に何て答えればいいのか分からなかったからだ。

恵子は唾《つば》を飲んだ。自分でも興奮しているのが分かった。今、自分は取り返しのつかない一歩を踏み出そうとしている。酒が残っているから？　ううん、違う。これは私がしたいからだ。私自身の思いだ。ウソのない、本当の——。

恵子は康人の隣に寝た。床で寝るなんて、学生の頃以来だ。硬いけれど、しかしワクワクしてくる。そして彼女は康人の背中に額をつけ、絞り出すように呟《つぶや》く。

「さっきね、強がっちゃった」

恵子の言葉が何を指しているか、康人には分かった。先輩は居酒屋では浮気されたと笑っていた。中学校で漫画を描いていた頃と変わらない。康人は覚えていた。苦労して描いた漫画が新人賞に落ちて、編集者の的確で厳しい講評を読んだあとに、いつも恵子はああいうふうに強がっていた。豪快に笑い飛ばす。本当に落ち込んでいるときほど、恵子は大げさに笑うのだ。

「だと思いました」

康人が返す。すると恵子の腕が、彼の腰に絡まった。体温と呼吸が感じられるほどの距離。康人は出来る限り動揺を隠しながら、

「それはダメですよ、先輩」

　そういって腰にある恵子の手に触れた。そっと遠ざけるつもりだった。けれど、その手は遠い昔のあの頃より柔らかくて、優しくて、それでいて力強かった。

「なんで?」

　恵子が聞く。彼女自身、答えの分かっている意地悪な質問だと分かった。でも、今夜だけは意地悪だと思われていいから、言いたいことを言おうと思った。

「だって……これって、浮気じゃないですか」

　康人が答える。すでに康人には、恵子の気持ちが分かっていた。けれど、そんな「気持ち」は理由にならない。これは他人の家の事情で、今の自分が立ち入るべき問題じゃないのだ。むしろ、ここで立ち入ったなら悪化してしまう。あの憧れだった先輩が、大切な先輩が、今よりさらに厄介な状況に陥る。

「先輩、悪いけど……オレには、あなたの話は関係ないです」

　康人の口調は冷たかった。けれど恵子は、康人は相変わらず優しいと思った。康人は昔から不器用だ。人に冷たく接することができない。彼が今、あえて突き放すような言い方をしているのが分かった。それを承知で、自分は卑怯《ひきょう》だと思いながら、恵子は言った。

「関係あるよ」

　そのたった一言に、康人は体が熱くなるのを感じた。恵子にここまで言わせているのだから、何も聞かずに応えるべきだと心の何処かが叫び始めた。その声を必死で抑えながら、彼はたった一言、答えた。

「ないです。今のオレには、関係ないです」

少しの間を置いて、恵子は答えた。

「『ある』って言ってほしい」

恵子は理屈になっていない理屈を口にした。

そして……沈黙。

聞こえるのは、雨の音、時計の鳴る音、外を走る車の音、隣の部屋の住人が家に帰り着く音。康人と恵子の鼓動。

やがて康人は言った。

「もし今……先輩がそういう目に遭ってなかったら、オレは……」

建前を言う余裕も、嘘をつく気にもなれなかった。だから康人は、ただ本心を口にした。

「先輩、オレを旦那さんへの当てつけに使うのはやめてほしいです。浮気されたから、し返してやるみたいな。オレは、そういう感じで、先輩と一緒になりたくないです。そんなの、オレも先輩も、ミジメになるだけです」

「相変わらず、理屈っぽいね」

「先輩がガサツすぎるんっすよ」

康人は、恵子が自分の背中に顔を押し付けたまま、クスっと笑うのが分かった。

「でもさ、私のわがままに付き合ってくれん？」

「わがまま？」

「うん。わがまま」

恵子が続ける。

「私ね、ずっと勘違いしとったんよね。特別な人に、特別な人やって思われとるって。でも、それが全部勘違いやった」

康人は黙る。答える言葉が見つからなかった。さっきの居酒屋では、一緒になって笑い飛ばせていた話題なのに。

「やから誰かに、一晩だけでいいから本当に特別扱いされたい。一晩だけでいいけん。明日になったら、綺麗《きれい》に忘れる。なーんもなかったみたいに、家に帰る。私もキミも、普段通りに戻る」

恵子の声が震えた。その手が、さらに強く康人にすがる。彼女は何も考える気にならなかった。考えるのも、取り繕うのも、今はどうでもいい。そんなことより、自分の思ったことにそのまま従いたかった。

一方の康人は考えた。けれど考えれば考えるほど、正解が遠のいていく。「そんなことできません。今すぐ寝ましょう」。これが正解だとは分かっているが、正解だとは思えない。今、自分が言いたいことは、本当に思っていることは、全然そんなことではない。

「先輩、一晩だけなんて、無理です。オレだって本当は……」

恵子のことは忘れたつもりだった。中学時代、遠い十代の頃の思い出。とっくの昔に終わった初恋だ。しかし、あの日々は——。

「もし、あの時のやり直しができるならって、思ってました。ずっと前からです。オレは結局、先輩より好きな人を見つけられなかった。先輩を忘れられなかった。オレにとっては、あなたがずっと特別な人だったんです。だから……」

康人は振り返った。恵子と目が合う。真夜中だが、すっかりお互いに暗闇に目が慣れている。だから、大人らしく変わった顔も、まるで子どもみたいに顔が真っ赤になっていることも、ハッキリと見て取れた。

「先輩がわがままを言うなら、オレだってわがまま言わせてください」

そういって康人は、恵子を抱き締める。何も考えず、思うがまま——。

「オレは、一晩なんかじゃイヤだ。一晩なんかで我慢できるわけない」

康人に強く抱きしめられた瞬間、恵子は心臓が飛び出しそうになった。今、自分は全身全霊で特別だと思われている。胸の高鳴りは喜びへ変わり、ほんの少しの胸の痛みと引き換えに歓喜を感じながら、彼女は深く頷《うなず》いた。

「今ね……私、どうにでもなれって気分」

恵子が言った。

「オレも」

康人が応える。そして――。

――ドグォン！

不意に外から巨大な異音がした。爆発音と言っていい、巨大な音だ。

「え、何⁉」

慌てる恵子。一方の康人は、音が恐ろしく近くからしたことに気が付いた。音は隣の部屋からしたのだ。

「何でしょう？　えっと、そこにいてください。オレ、見てきますよ」

ジャージ姿の康人は、部屋の扉へ向かった。

――今のは何だ？　音はアパートの中からした。ガス爆発か？

そして覗《のぞ》き穴から外を窺《うかが》うが……何も見えない。「なんでだ？」と、扉を開ける。その途端にタプンと大量の液体が部屋に流れ込んできた。生暖かいその液体は、真っ黒で、強烈な匂いを発していた。

「血⁉」

アパートの廊下一面に、血がブチまけられていた。ついでに扉の覗き穴が使えなかった理由もわかった。自室の扉も血まみれになっていたからだ。

「何じゃこりゃ⁉」

悲鳴に近い声を上げながら、康人は廊下を見る。再び康人は悲鳴を上げた。そこには切断された男の上半身と下半身が転がっていた。康人は目を疑った。次にこれは幽霊か、何らかの心霊現象だと思った。まだそっちの方が説明がつく。東京23区内、よりによってオレの部屋の前で、人が真っ二つになるわけがない。けれど、どれだけ目を凝らしても、そこにあるのは真っ二つになった本物の中年男性の死体だった。

康人がその事実を受け入れたとき、今度はシューシューという、聞き慣れない音がした。一定のリズムを繰り返すそれは、昔に行った動物園を思い出させた。これは巨大な動物の呼吸音だ。

音がする方を康人は見た。そして彼はまたしても悲鳴を上げた。

赤い殻に巨大なハサミ形の手を持った生き物がいた。ハサミの部分にはべっとりと血がついていて、これがあの男を真っ二つにしたのだと、ひと目でわかった。それはあまりに大きく、バケモノとしか思えなかった。けれど数秒が経つと、そいつが見慣れた形をしていると気が付いた。馬鹿デカいから異形に見えたが、それは田舎で飽きるほど見た生物だ。

そこにいたのは、巨大なザリガニだった。

5

湯川源蔵《ゆかわげんぞう》は、ワシこそが救世主だと思っていた。地球規模の食料問題、飢餓に対する解決策を見出《みいだ》したのである。彼が注目したのはアメリカザリガニだ。この生物は驚異的な繁殖力を持ち、なおかつ美味《うま》い。アメリカや中国では食品としてポピュラーだ。これに注目しない手はない。もしもザリガニをより美味く、より大きく、伊勢《いせ》エビやロブスターのようにできれば、人類は食べるに困らないのではないか？　自分は人類の救世主となり、ノーベル賞とか貰《もら》って、この狭いワンルームマンションでの暮らしからサヨナラできるのではないか？　彼は自説を信じて、ひたすらザリガニを大きくする研究を行った。ステロイドの投与や遺伝子組み換えを繰り返し、遂に彼の部屋で全長五〇センチに迫る個体が生まれた。予想以上の成果に、源蔵は興奮した。ノーベル賞は目前、オレは山中《やまなか》教授を超えた。

しかしその日、予想外のことが起きた。いつも通り安月給の職場から我が家に戻ってみると、ボロ布のような見慣れない何かが落ちていた。それはヌメヌメと粘液で濡《ぬ》れていて、次いで改造ザリガニを閉じ込めるために用意した、大型犬用のゲージが内側から破壊されていることにも気が付いた。嫌な予感がした。彼はザリガニを黙らせるための鋼鉄製さすまたを手にした。スタンガンと合体させた自信作だ。しかし、それを手にしても不安が勝った。あれがまた脱皮するとは思っていなかった。脱皮をしたなら、さらに大きくなっているはずだ。五〇センチからだ。七〇、八〇か？　それとも一〇〇、つまり一メートルか？

それらの予想は外れた。背後からシューシューという鳴き声が聞こえたとき、源蔵が背を向けていた壁全体がぬらりと動いた。同時に彼は、その存在に気が付いた。壁全体を覆うほど、やつは大きくなっていた。全長は三メートル程度、ハサミだけでも一メートルはある。

「待てよ、おい」

源蔵は、さすまたを投げ捨てた。こんな物が通じる相手ではないと一瞬で察知できた。戦うのはありえない。逃げるしかない。ドアに向けて走り、鍵を開け、飛び出した。が、同時に腰に激痛が走った。

「ぐえっ」

悲鳴と同時に、想像もしたくなかった状況に自分が陥ったことに気が付く。巨大なザリガニのハサミが、自分の腰をガッチリと摑《つか》んでいたのだ。

「助けっ」

ドアは開いている。あと一歩で外の世界に、この部屋から出られる。誰かがやってきて、自分を引っ張り出してくれれば、何とかなるかもしれない。両手で開きかけのドアを摑み、

部屋の奥へ引きずり込まれないようにしながら、源蔵は助けが来ることを祈った。しかし、それよりも先に、

「ごげぇっ」

ザリガニのハサミが閉じていく。源蔵の腰の肉を切り裂き、骨を砕き、骨が守っていた内臓が千切れていく。自分の体がミリミリと力任せに押し潰《つぶ》されていく感覚に、断末魔の絶叫を上げようとした。けれど喉《のど》は体内から噴出してきた血液に満たされていたから、口からは断末魔の叫び声ではなく血が零《こぼ》れ落ちた。自分の肉体が腰から真っ二つになっていくのを実感しながら、ついに源蔵は叫ぶこともできず、ただひと言だけ呟いた。

「ミスった」

渾身《こんしん》の辞世の句を発した直後、源蔵は真っ二つに両断された。ばちんという音と共に、源蔵の上半身と下半身は、勢いよく部屋の外へ飛び出した。

そしてザリガニは部屋の扉を一撃で破壊して、外の世界へと這《は》い出て行った。

6

「ザリガニだ！」

康人が叫んだが、恵子は意味が分からなかった。ザリガニ？　もちろんザリガニは分か

る。九州の田舎でよく見かけたし、康人と食べたこともあった。「味もみておこう」と岸《きし》辺露伴《べろはん》ごっこをしたのだ。洗って焼いて食べたら、普通に美味しかった。

だからザリガニのことはよく知っている。けれど今、ザリガニの話をするのは意味が分からない。

「はぁ？」

「外にめちゃくちゃ大きいザリガニがいます！　そいつが、人を真っ二つにしていて……！」

ますますワケが分からなくなった。どうにか説明をつけようと、恵子の脳みそが暴走する。私と浮気セックスをする空気になったけれど、それを回避するために変なことを言い出したのだろうか？　いや、それにしたってもう少し理屈があるだろう？

――ドグオォン！

再び爆発音がした。同時に、ドアを背にしていた康人が自分の方まで吹き飛んできた。

「なに⁉」

声を上げると同時に、恵子は見た。ドアがひしゃげている。何かが外側から、物凄《ものすご》い力でドアを叩《たた》いたのだ。先ほどから聞こえた異音は、このドアを破壊する音だ。そして、何かがドアの向こう側から覗いていた。黒く丸い目と、赤い光沢のある体……その二つの特徴だけで、彼女はその正体に気が付いた。

「あ、あれ！　ザリガニやん！」

「だからそう言ったじゃないですか！」

康人は叫んだ。そしてテレビのリモコンを片手に持って、恵子の前に立つ。ザリガニから彼女をかばうために。何故リモコンかと言うと、武器になりそうなものがそれしかなかったのだ。

「こっち来るなよ！」

康人が叫ぶ。目を見開いて、真っ黒なザリガニの目を睨《にら》みつける。目の周りの血管がズキズキと痛んだ。普段まったく使わない顔面の筋肉を総動員しているからだ。

「先輩がいるからな！」

奥歯を噛《か》んだ。もしザリガニが部屋に入ってきたら、そのときは全力で正面からぶつかりに行く覚悟が出来た。

「何もさせんからな！　どっかいけ！」

次の瞬間、二人を覗く黒い球体の目が消え、次に赤い体が消えた。二人はザリガニが自分たちへの関心を失い、どこかへ去ったと理解した。やがてボリボリと、ザリガニが何かを食らう音がした。康人はあの真っ二つになった中年男性が食われているのだと分かったが、それをわざわざ恵子に伝えようとは思わなかった。

恵子も康人も、全身からどっと汗が出て、その場に座り込んだ。

「な、何あれ？」

恵子が聞くと、

「デカいザリガニです！」

康人が答える。答えになっていないとは重々承知だ。けれど今は、別にやることがある。

彼の頭の中は、とある感情でいっぱいになっていた。不安、あるいは恐怖だ。あのザリガニがまた戻ってきたら、どうなるか？　さっき助かったのは間違いなく偶然だ。「たまたまザリガニがその気にならなかった」にすぎない。ザリガニがその気になったら、自分たちも廊下に転がっている中年男性よろしく切断されるだろう。あいつは人を殺すだけじゃない。まさに今、ボリボリとザリガニが人体を噛み砕く音が響いているが、あいつは人を食うのだ。放っておけば、あいつに殺されて食われる。その道を回避する方法は、一つしかない。話し合いは無理。警察じゃ、どうにもならない。自衛隊なら何とかなるかもしれない。だがそれは何時間後だ？　廊下にいるザリガニが真っ二つの人体を食べ終えて、〝その気〟になる前に、自衛隊が駆けつけてあいつを倒してくれるだろうか？　さすがに厳しいだろう。だから――。

「オレ、ちょっとあいつ殺してきます！」

「はぁ⁉」

恵子の素《す》っ頓狂《とんきょう》な声を背に、康人は台所へ走った。なるべく新しい包丁を手に取り、スニーカーを履く。靴ひもは万が一にもほどけないように、キツく、キツく、縛っておく。

康人の恐怖は、今や完全なる闘争心に変換されていた。

あいつを取り除かねばならない。殺される脅威は排除しなければ。先輩のためであり、オレのためにも。

康人は包丁を持って、玄関から飛び出した。

7

「どこ行くん⁉」

恵子の疑問に答える前に、康人は部屋を飛び出した。だから残された彼女は、何がどうなっているかを一人で考える必要があった。巨大なザリガニが現れ、どこかへ消えた。直後に康人は包丁を持って部屋を出た。繋がりそうで繋がらないが、ひょっとして……と恵子が彼の意図に気が付いたのは、グシャグシャに変形したドアの向こうから、怒声とも悲鳴ともつかない声が聞こえてからだった。

――まさか康人、あのザリガニと戦ってる？

途端に「なんで？」の嵐が噴出した。戦う必要なんて何処にもない。というか、どう考えても勝てる相手じゃない。ここで隠れて、どこかの誰かがあいつをどうにかしてくれるのを待つのが当たり前じゃないか。

そこまで考えたとき、恵子の頭の中にまったく別の思考が起きた。あのとき、結婚式のケーキ入刀で冷静になったように。

――でも、〝どこかの誰かがどうにかしてくれなかったら?〟

途端に康人の行動が理解できた。どうしても理解できなかった英語の長文読解問題が、キーワード一つで繋がるように。

――康人は、〝どこかの誰かがどうにかしてくれる〟のを待てないと思ったんだ。待てばいいのに、待ってダメだったときを恐れたんだ。どうして恐れたのか? 自分が殺されるのが嫌だから? 違う、それだけじゃない。あいつはさっき、あのザリガニが現れたとき、私をかばった。テレビのリモコンという全く意味のないものを武器にして、私を守ろうとした。きっと今のあいつの頭の中は、私を守ることでいっぱいなんだ。だから包丁を持って出て行った。あのザリガニが、もう二度と私たちの前に現れないようにするために。

そう気が付いた瞬間、恵子は立ち上がり、部屋の外へ走り始めていた。

――助けるんだ、康人を。

どう考えても勝ち目がない、そんなことは恵子にも分かっている。けれど戦う必要は十分にあった。自分を命がけで守ろうとしている人がいる、そう考えると、黙って隠れていることなどできなかった。だから恵子は、少し大きめの康人のスニーカーを履いて、靴ひもを痛いほど締めて、部屋の外へ駆けだした。

8

康人に勝算はなかった。相手は巨大なザリガニだ。そして人体を真っ二つにするハサミを持っている。どう考えても勝てるはずのない相手だが、それでも止まれなかった。あいつが恵子に手を出す可能性があるうちは。

しかし、中年男性を食べ終えて、アパートの廊下をつたって移動した巨大ザリガニを追いながら、康人は少しだけ冷静になった。

――やっぱり、逃げるべきだ。

それは先ほどの闘争心とは違った。自分の中から湧き上がってきたものではない。誰かが鼓膜の内側で囁《ささや》いた。動物としての本能が告げたのだ。自分より圧倒的に強い生命体を前にして、彼は一匹の動物になった。

だが、康人はすぐに人間に戻った。

――いや、オレはこの場で、あいつを倒さなければならない。

康人がそう思い直したのは、ザリガニが人を襲っていたからだ。ザリガニがアパートの扉を叩くと、一撃でぐにゃりと曲がった。そして人が箸《はし》で貝の中身を摘《つ》まみだすように、人間を一人、ハサミで摘まみだした。高齢の男性が、右腕をハサミで摑まれている。男性は「助けて、助けて」と叫びながら暴れる。その足もとには、彼のパートナーだろうか？　同じくらいの年頃の女性が、腰を抜かしていた。

——やっぱりだ！　さっき自分たちが助かったのは、たまたまだった！　自分たちがこうなっていてもおかしくない！　いや、こうなるかもしれない……！　ならば、その前にザリガニを殺さなければ！

次の瞬間、老人の右腕が飛んだ。「ぎゃあ」と声をあげて、老人が地べたで、のたうち回る。「お父さんの腕がー！」と、妻らしき女性も悲鳴をあげた。ザリガニはそんな二人を襲うわけでもなく、ただ眺めていた。不思議そうに、ワケが分からないと言わんばかりの様子で。

それを見たとき、康人はこれまで体験したことがないほどの怒りに支配された。

——こいつは危険だ！　今こいつは、食欲ではなく、面白半分で人の腕を切断した！　何てことをする生き物だ！　お前のような存在は、この場所に生きていてはいけない！

康人は人間代表を気取るつもりはなかったが、今、自分がここでザリガニから逃げたら、人間という種全体が敗北するような気がした。

不意にザリガニが、康人の方を向いた。口もとがうじゃうじゃと動く。黒い球体上の目は、何の感情も読み取れない。改めて見ると、それは生物というより機械に近い印象だった。全身を覆う赤い殻のせいもあるだろう。

――殻？　ザリガニの殻⁉

康人は思い出した。九州にいた頃、ザリガニを捕って遊んでいた。あの頃に、彼はザリガニの強さを知った。凶暴性を知った。同時に、弱さも知った。凶暴なハサミを持ち、体中を硬い殻に覆われていながら、その足の付け根は驚くほど柔い。

――狙うのは、あそこだ！

康人、生まれて初めてのスライディング。右足を突き出し、全力でザリガニの足もとに滑り込む。両脚の腿《もも》が火傷《やけど》するように熱くなったが、人生初の滑り込みは成功に終わった。そして持ち出した包丁を真上に向けて突き上げた。そこはちょうどザリガニの頭部に位置する場所だった。

自然界にザリガニの足もとに潜り込み、頭部から腹部へ鋭利な一撃を入れる生命体はいない。まさに自然の盲点を突いた一撃。これで勝った、と康人は思った。

だが、すぐさまその甘い幻想は打ち砕かれる。

康人が刺したそこは、たしかに殻ではなく肉だった。包丁は深々と、ザリガニの肉の中に入り込んだ。神経にも達していた。けれど何重にも折り重なった肉は分厚く、致命傷にはなりえなかった。そして包丁が突き刺さった途端に、「キシュゥゥゥ！」とザリガニは悲鳴を上げ、あらん限りの力を持って暴れ始める。

包丁を飲み込んだザリガニの肉は、包丁に付随する康人の両手・両腕までも折らんばかりに強烈に引き締まった。ちょうど釣り針が刺さった獲物のように、暴れれば暴れるほど、包丁は深く深く入っていく。致命傷へと近づく痛みが、さらにザリガニを凶暴にした。しかし、突き刺さっているのは物言わぬ吊り針ではなく、包丁を掴んだ痩《や》せ型の三〇代男性、康人である。まるでアイドルの現場のサイリュームのように、康人は荒れ狂うザリガニによって縦横無尽に振り回された。

叩きつけられた側頭部に激痛が走り、片目の視界が消えた。クシュンと乾いた音がして、わき腹から何かが飛び出した（折れた骨だ）。皮膚が着ている服と一緒に、でろんと剝《は》がれて飛んでいくのが分かった。ザリガニは、悲鳴を上げる康人を振り回し続ける。康人はボロ人形のようになりながら、朦朧《もうろう》とする意識の中で、自分が仕掛けた戦いの無謀さを文字通り痛感していた。

——痛い。全身がバカみたいに痛い。バカなことをした。何でこんなことをしたんだ？何故、こんなことになったんだ。何でオレの家に巨大な殺人ザリガニがいるんだよ。百歩譲って、ザリガニがいるのは仕方ないとして、なぜ戦っているのだろう？　ああ、そうだ。恵子先輩を守るためだ。守るために、こいつを殺すんだった。できれば他の人にやってもらいたかった。自分じゃなくて良かったんじゃないかな？　そもそも、そもそもだ。オレが、ここにいなければ良かったんだ。居酒屋で先輩を家に帰していたら、また違った未来もあっただろう。そうだ、あそこで自分は間違えたのだ。どうして先輩が浮気をされたと聞いたときに、笑ってしまったのだろう。たしかに先輩は笑っていたけれど、あのとき自分が言うべきだったのは「笑いごとじゃないですよ」だった。先輩の冗談につられて笑ってしまったけれど、あそこは怒るところだった。あそこで自分が怒っていれば、先輩は早々に切り上げて、自分も一人で家に帰っていただろう。そしたらきっと、ザリガニに襲われても、戦おうなんて思わなかった。ちくしょう。ちくしょう。ああ、ミスった。ところで先輩は……無事かな？　無事ならいいの……だけ……ど……。

康人の意識が飛びかけた瞬間、影が康人の傍らに滑り込んできた。その拍子で康人は覚醒《かくせい》した。ぼやけた視界の中で、影は康人の手を掴み、包丁を巨大ザリガニのさらに奥へと押し込んだ。そして、

「しっかりして！　手を絶対に離すな！」

影は、恵子だった。

9

恵子は珍しく何も考えていなかった。普段なら、彼女は後々のことを考える。職場でも、何か話すときは十分に考えてから言葉を紡ぐ。けれど今は、ただ思うがままに行動した。行動せざるをえなかった。だってザリガニに包丁を突き刺した康人が、ザリガニに振り回

されてボロボロになっていたのだから。

体のあちこちに傷が出来て、血まみれで、目は虚《うつ》ろで、今にも意識が飛んでしまいそうだ。

——いや、死んでしまいそうだ。

だから恵子はザリガニの腹の下に滑り込み、康人を支えながら叫んだ。

「しっかりして！　手を絶対に離すな！」

すると康人の目に、小さな光が戻った。

同時に恵子は、ザリガニの体内に手を入れた。グチャグチャと肉をかきわける音、不快で生ぬるさを帯びた体液を全身に浴びながら、彼女は康人の手を摑んだ。そしてザリガニの体内にある包丁を、さらに奥深くへ突き入れる。

次の瞬間、康人の手が動いた。恵子には、その手が包丁を強く握り直すのが分かった。

「生きてるか⁉」

恵子が怒鳴る。

「それでいいんですよ」

康人が応える。

「はぁ⁉」

「先輩、そんなふうに、怒ってください。浮気されたんだから」

「何を言ってんだよ⁉」

「笑いごとじゃない。先輩をナメた夫は、クソ野郎だと、オレは思います」

恵子は一瞬だけ、ザリガニのことを忘れた。あまりに、その通りだったからだ。酔って、笑い話みたいに話した。けれど本当は、はらわたが煮えくり返っていた。私は怒るべきだった。もっといえば、マンションから逃げ出したのも間違いだった。あのとき、うち扉の向こうに乗り込んで、夫と浮気相手を問い詰めるべきだった。けれど私は反射的に逃げ出してしまった。あのとき私は、逃げ出すべきではなかった。

「そうやな」

恵子は答えた。そして康人の目が、遠くを見ていることに気が付いた。心ここにあらずだ。このままでは、また意識をなくす。生き残るためのディレクションが必要だ。だから恵子は、彼の顔面に頭突きをした。本当はビンタをしたかったが、手は両方ともザリガニの肉の中にうずまっていた。

その一発の頭突きが、康人の意識を決定的に回復させた。

「先輩!? 何でここにおるんですか!?」

「キミは私を特別な人やと言ったね！」

「はぁ!?」

「私もキミを特別な人やと思う！ だから私も、特別なことをする！ 聞け！」

恵子は包丁と、康人の手を強く握った。

「このザリガニは、さっきからエラい暴れる！　けどな、元気がなくなってきよる！　私らの足が地面に着く瞬間がある！　次に着いたら、走るぞ！」

「どこに⁉」

「尻尾《しっぽ》の方や！」

恵子が目線をザリガニの尾の方へやった。

「包丁握ったまんま、全力で走るんや！　私とキミ、一緒に！　私が合図する！」

恵子がザリガニの肉の中で、包丁をグリグリと強引に回転させ、刃が尾の方向を向くように調整した。彼女はふと結婚式のウェディングケーキのことを思い出した。あのときも冷静になったが、今も冷静だ。どうやらこういう大舞台で冷静になるのは、私の、私自身も認識していなかった個性、否、能力らしい。

「まだ待て。まだ、まだだ」

恵子は計る。ザリガニが隙を見せるのを。二人の足が地面に着く、その瞬間を。

「まだ、まだだ」

その瞬間に、すべてを爆発させる。怒りでも、悲しみでも、何でもいい。あるいはマンションから立ち去ったときのように、無心でもいいのだ。とにかく尻尾まで走り抜けられるなら、感情は問わない。

「まだ！」

大きく体が浮いた。壁に叩きつけられ、内臓が痛んだ。それでも恵子は計る。そして、遂に足が地面に着いた。

「走れ！」

恵子の合図と共に、二人は走った。途端にミチチチチと肉が割ける音がして、ザリガニの体液が噴き出した。二人の口の中ではパキンと乾いた音が響いた。食いしばった奥歯が割れたのだ。そして全身の力を爆発させて、二人は走った。ザリガニの肉が裂ける鈍い音は、やがて鋭い音へと変わっていく。そしてカキンと乾いた音がして、包丁は砕け折れた。包丁がザリガニの殻に激突したのだ。しかしそれは、二人がザリガニの尾まで駆け抜けた瞬間でもあった。二人はザリガニの腹部を縦一文字に切断したのだ。

「終わった」

全身がザリガニの体液まみれになった恵子が呟くと、

「まだです！」

康人が叫んだ。ザリガニの足が痙攣《けいれん》している。まだ自分たちは、あのザリガニの下にいるのだ。康人が恵子を抱き、跳んだ。

次の瞬間、二人の背後でザリガニが崩れ落ちた。

「ちゃんと死んでる？」

恵子が言った。

「死んでると思います。お腹のなか、全部、出たみたいですから」

康人が言った。

次の瞬間、二人は揃って地面に倒れ込んだ。ザリガニの体液と自分たちの血と汗でビチャビチャになっていたが、そんなことはどうでもよかった。人生最大の負荷をかけられた肉体は、このまま寝てしまいたいと訴えていた。

けれどその前に、恵子は言っておきたいことがあった。

「明日、夫と話すワ」

「はい。ちゃんと話してください。つーか怒ってきてください。オレ、この話ってしましたっけ？」

「で、たぶん別れるわ」

「はい。たぶん、そうなると思いますし、その方がいいと思いますね」

「別れたら、また会ってくれる？」

「もちろんですよ」

「そうなったら、お付き合いしない？」

「しましょう」

そして二人は眠りについた。

10

巨大生物による一般市民への攻撃と捕食。そんな前代未聞のバイオハザード（生物災害）から一か月、世間はいまだにザリガニの話題で持ちきりだった。ニュースではマッドサイエンティストにして、巨大ザリガニの生みの親、そして唯一の犠牲者、湯川源蔵の功罪について、日々、活発な議論がなされた。そして、巨大ザリガニは、実は産卵していて、子どもが下水道に逃げ込んだ。証拠に大きなザリガニを○○という池で見た。そんな都市伝説が巷《ちまた》に溢《あふ》れた。

一方、恵子は夫と別れた。驚くほど早く離婚が成立したので、恵子は夫に感心すら覚えた。この男の優しさという名の無関心は、寂しさや怒りが付け入る隙がないほどだと。

そして恵子は康人と付き合うことにした。

三五歳の女子と、三四歳の男子。そんな二人の初めてのデートは、喫茶店で待ち合わせ。まずはあのとき、ザリガニに腕を切断されていた老夫婦から「その節はどうも。おかげさまで、右腕はくっつきました」とお礼を言われ、菓子折りを貰った。そのあと「今の売れ筋の漫画を知りたい」と二人でネカフェに行って、『SAKAMOTO DAYS』を一気読みして、ラブホテルでセックスをした。そして「来週は、金曜から泊まり込みで私の家で漫画を描こう」と約束して、それぞれの家に帰った。

ぼくとおじさんのバラッド

1

「私はクソシナリオライターですと言え」

　とあるプロジェクトの打ち上げの会場で、プロデューサーが僕に言った。

「はい、僕はクソシナリオライターです」

　僕がそう答えるとプロデューサーは手を叩《たた》いて笑って、周りも笑った。僕も笑った。

　僕は二八歳で、ゲーム会社の平社員をやっている。肩書きはシナリオライター。そして、とあるゲームソフトの開発中に、うつ病と不眠を発症して半年の休職を経験した。今は復帰してから二か月ほど。

　正直、この打ち上げには来たくはなかった。なぜなら僕の心が壊れたのは、間違いなく目の前にいるプロデューサーのせいだったからだ（このプロデューサーのことは、Aさんとしておこう）。そんな人間に会いたいはずもない。けれど会社員だから来た。気遣ってくれた同僚たちに「回復しているよ」とアピールして、今後もこの会社でやっていくために、ちょっとだけ我慢をしようと思ったのだ。そして案の定、Aさんは何も変わっていなかった。けれど僕の方は変わっていた。

自分のことを「クソシナリオライターです」と言ったとき、それで笑うみんなと一緒に笑ったとき、自分でも驚くほど冷静だった。もう何も感じない。ただ淡々と、目の前で笑うAさんが、どんなふうに死んだら面白いかを考えていた。

2

繰り返すけれど、僕が壊れたのはAさんのせいだった。Aさんは業界の古株で、なおかつ多くのファンを持つ、それなりに有名なクリエイターでもあった。そして僕が放り込まれたのは、そんなAさんなしでは絶対に進まない、そういうプロジェクトだった。カリスマ的なクリエイターが中心となって、トップダウンで開発が進む。それ自体はゲームの現場ではよくあることだ。けれど、致命的な問題があった。Aさんの考えるものが、僕にはまったく面白く感じられなかったのだ。むしろ、これはAさんのファンすら失望させるような内容だとすら感じた。特に気になったのが、Aさんの書いたシナリオだった。端的に言うと、不快な内容だった。「正義」として描かれている主人公側の行動が、どう見ても道徳的に間違っている。たとえるなら……主人公が弱い者イジメをして、身勝手かつ意味不明な行動を繰り返し、それで最後は「主人公最高!」と祝福されるストーリーだ。不条理な作品なら構わないけれど、これは多くのユーザーが主人公になりきって遊ぶロールプレイングゲームだ。これではプレイヤーが主人公側に感情移入できない（というか、そもそも登場人物たちの言動もストーリーも意味不明なものが多く、ユーザーが理解できないだろう、と思った）。

そして不幸とは重なるもので、僕の役目は社内のシナリオライターだ。仕事は大きく二つあった。細かいテキストを書いて、Aさんにチェックしてもらう。そしてAさんの書いたシナリオをチェックして、ゲームに乗せて問題ないかを判断する。重要なのは後者の仕事だ。シナリオの完成度を判断する役目なのだから。しかし、経験も知名度も、何もかもAさんの方が僕より上だ。僕に期待された仕事はチェックするのではなく、「Aさん、やっぱ最高ですよ！　このシナリオで行きましょう！」と答えるだけの係だった。だから、そういう働きをすればよかったのだけど、ついウッカリ、僕はAさんに「こういうのダメだと思いますよ。ユーザーが望んでないと思います」と言ってしまった。するとメチャクチャに怒られた。「お前に何が分かる。クリエイティブのカケラもないくせに」と叱られ、僕が担当した細かいシナリオ部分は、メチャクチャに赤字で訂正され続け、いかに僕に才能がないかを延々と説かれた。

「面白い」の対立になると、分が悪い。僕は何の実績もない平社員の社内シナリオライターで、Aさんは輝かしい実績を持ち、多くのファンを持つ著名クリエイターだ。同僚に相談しても「いや、Aさんの方が面白いよ」「全然違うね、Aさんの方がクオリティが高い」と言われた。

「Aさんのやつ、全然面白くないと思うけど、オレが間違ってるのかなぁ」

そんな疑問を抱えながら仕事をしていると、いつの間にか不安になってきた。それまで考えたこともないことばかり考えるようになった。「オレが面白いと思っているものは、本当に面白いんか？」「才能がないなら、さっさと転職した方がええんやないか？　でも何処に？」自分に問いかけ始め、ひたすら悩んだ。転職サイトを覗《のぞ》いて考えてみたが、僕には他の仕事が出来る気がしなかった。実際、できないのだ。学生時代にバイトはいくつもやったけれど、マトモに務まった例《ため》しがなかった。一年ほど勤めて、これは上手《うま》くやれるかなと思った酒屋は、僕が辞めてすぐに潰《つぶ》れてしまった。人と話すのがそもそも不得手で、その証拠に友だちも少ない（大学で知り合った二人くらいか）。短気で人間不信だという自覚もある。ゲーム会社という特殊な業界は、ある程度の変人を受け入れてくれる空間だから、僕は存在を許されているのだ。

でも、そこにいる資格がないとすると……どこに行けばいいのか？　気が付くと眠れなくなった。毎晩、ほぼ徹夜の状態で会社に通った。そうなると、もちろんミスも連発する。ますますAさんに叱られ、それ以外の人にも叱られる。叱られに会社に行くようになってくると、ますます悩む。ますます眠れなくなる。眠れたと思ったら、夢の中でも叱られている。もしくは仕事をしている。まったく眠った気がせず、出社して、また「早く辞めろ」という話をひたすらされる。仕事も何もない日には、家から出られなくなった。ずっと横になったまま、天井を見つめて一日を終える。立ちあがれたと思ったら、無性に腹が立ってきて、コンクリートの壁を一時間ほど殴り続ける。そんな日々を繰り返していたせいで、遂に心が壊れた。

ある日いきなり、僕の部屋に男が現れたのだ。寒い時期だったが、男は裸だった。中年で四十代後半くらいだ。そのおじさんは裸のまま、ハムカツを食べていた。揚げたての分厚いハムカツだ。厚さ二・五センチのハムが、サクサクの衣に包まれている。ひと齧《かじ》り、ふた齧り。綺麗《きれい》に三分の一ずつ口に運んでいく。そして最後の一切れになると、おじさんは小さなビニールに入ったソースをかけた。最初は味をつけずに、最後に味を変える。それが、おじさんのハムカツの食べ方だ。

誰がどう見ても異常者だけど、このおじさんは僕の古い知り合いだ。

「お久しぶりです。おじさん」

僕がおじさんに頭を下げると、

「そんな挨拶《あいさつ》なんかせんでいいやねぇか。ところで、お前、最近は楽しいことしようか?」

おじさんは僕のパソコンを立ち上げると、YouTubeでテイラー・スウィフトの『Love Story』を再生し始めた。そして、

「たとえばな、音楽は聴いちょるか？　好きやったやろ。こういうの」

歌が流れ始めた。僕でも分かる英語だった。『ロミオとジュリエット』をテーマにした曲だとすぐに分かった。ただし本家と結末は違って、最後はロミオとジュリエットが結ばれて終わる。

気が付くと、僕は泣いていた。涙が止まらず、「ロミオとジュリエットが幸せになって、本当に良かった」と思った。

「イイ曲を教えてくれて、ありがとうございます」

僕は涙で顔をグシャグシャにしながら、おじさんに頭を下げた。

「そうやろう。そうやろう。イイ曲やろう。お前の好きな曲やろうと思った」

おじさんは笑った。僕も笑った。

その翌日、僕はメンタルクリニックの戸を叩《たた》き、数日後には診断書と一緒に会社へ休職届けを出した。

3

おじさんと会うのは十数年ぶりだった。最初に会ったのは、僕が小学生の頃だ。

僕が通っていた小学校は、見事な学級崩壊を起こしていて、丸々二年くらい先生が教室に来てくれなくて、授業らしきものがなかった。不良の子たちは毎日のようにケンカや窃盗を繰り返し、そこに入らないといけない空気があったのだけど、僕はそうしなかった。理由は「何となく」としか言えない。けれどそのせいで同級生との付き合いがなく、おまけに授業もないので、学校が死ぬほど退屈だった。このままだと変になるんじゃないかと思った。

そんなある夜に、おじさんと出会った。僕が布団に入ると、おじさんが横で寝ていたのだ。そしておじさんは僕を見るなり、こんなことを言った。

「ムカつくことがあるやろうが。どうして黙っとんか？」

僕は生まれて初めて「図星」という感覚を覚えた。その通りだった。僕は学級崩壊を起こした不良の子たちが嫌いだったし、それ以上に何もできない自分の無力さに苛立《いらだ》っていた。不良たちの目を気にしながら、ビクビクしながら生きる自分に腹が立っていて、何より退屈に腹が立っていた。退屈しているのに、何もしない自分にムカついていたのだ。

「ムカつくよ。でも、何かしたら、僕が酷《ひど》い目に遭わされる」

「だったら代わりにオレがやっちゃるわ」

その夜、おじさんは僕の嫌いな連中を皆殺しにした。最初は殴る程度だったのだけど、どんどん暴力はエスカレートして、頭を胴体から引っこ抜いたり、金玉を千切ったり、全身をバラバラにしたり。ありとあらゆる残酷な行為を見せてくれた。

そういう光景を見て、僕は嫌な気分になった。でも、少しだけスッキリした。殺人はダメなことだと分かっていても胸が躍った。

おじさんは言った。

「オレは、これしかできんのよ。でも、これだけはできるから」

それからおじさんは、定期的に僕の前に現れるようになった。夜だけじゃなくて、昼にも。そして僕の代わりに、あらゆる暴力的な行為をしてくれた。僕はおじさんと過ごす時間が大好きになった。世間に知られたら大変なことになるけれど、僕とおじさんがどれだけ凶行を繰り返しても、犯行現場は僕らしか知らない場所だから、誰かにバレることは決してない。そのうち僕はおじさんとの行動を文章にするようになった。スケッチのように、凶行の部分を文字に起こしたのだ。どうして文章なのか？　たぶん、僕は子どもの頃から絵本を読むのが好きだったから、きっとその真似事がしたかったんだろう。

けれどそのうち、僕はスケッチだけでは物足りなくなった。どうして殺人が起きたのか？　何故こんなことになったのか？　おじさんが見せてくれない余白の部分が気になって、そこに文章を埋めるようになった。それは物語となって、気が付けば、僕は小説を書くようになっていた。おじさんとの凶行を基にした暴力小説だ。

そういう習慣ができるにつれて、不思議とおじさんと会う機会は減った。小学生の頃は毎日のように会っていたのに、中学生になると一週間に一〜二回、高校生になる頃には月に一度か二度。大学生になると、一年に一回、あるかないかになった。その頃になると僕は、暴力小説以外のものを書くようになっていた。特に恋愛小説が好きだった。ちょっと笑えて、ちょっとドキっとするラブコメだ。

けれど社会人になってからは、おじさんとは会っていなかった。会う時間も余裕もなかったと言った方がいいかもしれないけれど。

今、そんなおじさんが僕の前にいる。出会った頃とまったく同じ姿で。

4

会社で引き継ぎと正式な手続きを終えて、晴れて休職が決まった。そして家に帰ると、おじさんは部屋に寝転んでハムカツを食べていた。丸々と太った体で、頭髪は薄いが、その割にヒゲやスネ毛、胸毛は濃い。

「おう、お疲れさん」

おじさんはそう言うと、パソコンを開いて、テキストエディタを立ち上げた。まっ白な画面に、文字の入力を待つアイコンがちかちかと点滅している。

「しばらくヒマになるやろうから、何か書こうや。お前、確か書きかけのネット小説もあったやろうが。アレの続きを書くのもええやろ。オレ、気になっとんじゃ」

おじさんが言っている小説がどれのことかはすぐに分かった。書きかけて止まった小説で、止まった理由は、単純に書き切るだけの技量が僕にはなかったからだ。思い通りの形にならない物語に、嫌になったのだ。自分の才能のなさと向き合うようで、続けるほど苦痛になった。もちろん時間をかければ書き終えられたかもしれないが、他にも色々やることがあって忙しくて、それはちょうどいい止まる言い訳になった。

僕は首を横に振って、風呂場《ふろば》に向かった。

「いや、何も書きたくないです。しばらくは寝て暮らしたいです」

「そんなん言うなちゃ。せっかく時間ができたんやから、好きなもん書いた方がイイ気晴らしになるぞ。お前は物を書くのが好きな人間やろうが」

「そうでもないですよ。書かなきゃ死ぬって程じゃないですし」

「オレは書かんと死ぬタイプやけどな」

「はぁ、そうなんですか」

僕が風呂から上がると、おじさんが入れ替わりで風呂に入った。僕は風呂から上がると、パンツだけで布団に入った。病院で貰った睡眠薬を飲んだ。するとおじさんが、裸のまま布団にゴソゴソと入ってきた。

僕は携帯電話を開いて、Twitterを見始めた。すると、

「なんを見よるんか？」

「Twitterですよ。学生の頃にアカウント作って」

「なんを書くんか?」

「その日にあったことや、あとは誰かの悪口とか。僕、映画が好きなんで、映画の話を見たりもしますよ」

「おお、悪口はええなぁ」

おじさんが笑った。その口からはタバコの匂いが香る。

「お前は、誰のどういう悪口を書くんか?」

「まぁ、いろいろですよ。嫌いな芸能人もいますし。あとは漠然とした、誰かに対してですね。『こういうタイプの人間』みたいな感じで」

「悪口が好きなのは小学生の頃から変わらんなぁ。でもお前、悪口だけで平気なんか?」

ちょっと意味が分からず、聞き返す。

「平気って、どういう意味ですか?」

「ただ悪口を言うだけで、平気なんか? もっとよう、実行に移した方がいいんやないか? 口だけで終わるのも癪《しゃく》やろうが」

「いやいや、ムカついたからって、殴りに行くわけにも行きませんよ。チャゲアスの『YAH YAH YAH』じゃないんですから」

「でもよう、殺したいやつがいるのは事実やろ」

おじさんの言葉に、僕は少しだけ戸惑った。「殺したい」とは思わないが、「死んでほしい」やつは何人もいた。Aさんとか。

「Aを殺したいとは思わんのか？　お前は」

「まぁ、ムカついてますよ。でも、Aさんにだって愛する家族がいて、家ではいいお父さんをやってるそうですし。それにファンの人だっている。多くの人に愛されています。そういう人を殺す……いや、死を願うっていうのは、間違ってますよ」

「やったらよう、愛されてない人は死んでええんか？」

おじさんのタバコの匂いが強くなった。隣を見ると、寝たまんま紙巻きタバコに火を点《つ》けて、プカプカと吸っている。

「そういうもんじゃありません。誰だって、殺されちゃいかんですよ。どんな相手だって、死を願うなんて、良くないことです」

「お前が殺されそうになってもか？」

おじさんの手が僕のお腹に触れた。そこには横一文字の傷があって、おじさんは傷をそっと指先でなぞった。

その傷は、僕が自分でつけた傷だ。休職を決める前に、僕は思ったのだ。「シンプルに、僕が死んだ方が楽なんじゃないかな」と。

数年前まで、僕はシナリオライターの仕事が好きだった。薄給で労働時間も長い。社内シナリオライターという立場だったので、外注先から届いたシナリオを修正したり、納品スケジュールを管理したり、あるいはゴーストライター的なことをしたり。名前が表に出ないので、報われることの少ない仕事だ。それでもユーザーの「いいシナリオだったなぁ」という感想を見ると、とても嬉《うれ》しかった。苦労も何もかも吹き飛ぶほどで、「一生、この仕事を続けたい」と素直に思えた。僕は物を書くのが大好きだった。面白いと言ってもらえるのが、何より嬉しかった。学生時代には運動も勉強もロクにできず、人間的にもよろしくない部分ばかりだから、見知らぬ他人に褒められた経験が他になかったし。

けれど、自分に才能がないと分かった。これ以上、仕事を続けたくない。何も書きたくないと思った。とは言え、他にやりたいことは別にない。やれると自信があることもない。そうなると……生きていても、あまり意味がない。だから死のうと思ったのだ。そのとき、ふと父親の言葉を思い出した。

父は優しい人だった。しかし実は高校時代に、普通の剣道の道場と間違えて国粋主義者の私塾に通ってしまい、思想と剣術を叩き込まれた異色の経歴を持っていた。二〇〇一年、そんな父がニュース番組を見ながら「凄《すご》いな！」と、珍しく驚いていたので、「どしたん？」と聞いた。ニュースは元柔道家の猪熊功《いのくまいさお》が自刃した、と知らせていた。実際は喉を短刀で突いたそうだが、父はそれを切腹自殺と勘違いした。そして父は「切腹できるのは凄いよ。一番キツい死に方やからな。やはり気合いが入っている」と熱く語り、僕は少し引き気味に「そうなんやねぇ」と答えた。国粋主義者の私塾で学んだ過去があるから、切腹には一家言あったのだろう。

そんなことを思い出し、僕は自らに問うたのだ。「死にたいと言っているけどよう、本気で死にたいんか？　本気で死にたいなら、一番苦しい方法でも死ねるやろうが。死ぬなら切腹でやれ」。そんなわけで、自分の本気度を試すために切腹自殺を試みたのだ。まず包丁を腹に突き立てた。それは……痛かったけど、我慢はできた。そのまま横に引いていく。ますます痛い。血がポタポタと流れ始め、下半身を濡《ぬ》らした。痛い、痛い、駄目だ、無理、無理、ギブアップ！　包丁を腹から離した。

腹は血まみれだったが、傷は浅かった。「全然ダメじゃん」と思いつつ、ひとまず自殺に対する本気度が低いと判断はついた。というわけで、再挑戦するのではなく、手当てをすることにした。包帯も何もないので、傷口を「アルコールなら消毒になるだろう」と考え、ギャッツビーで拭《ふ》いた。その後にティッシュを張り付けて、ガムテープでグルグル巻きにする。翌朝にはティッシュが真っ赤になって、血は止まっていた。自分ではザックリいったつもりで、全然浅かったのだ。ますます「ダメじゃないか」と思ったが、ひとまず自殺はやめることにした。

今、おじさんがなぞっている傷は、そういう傷だ。深くはないが、たぶん一生消えないくらいには、痕跡《こんせき》が残っている。

「お前、自殺未遂まで追い込まれとるんやぞ？　そういう相手にも『この人は愛されているから何もしません』でええんか？」

僕は、答えられなかった。

「そういうことやから、ナメられるんちゃ。さすがに殺せとは言わんぞ。でもなぁ『死んでくれ』と思うくらい自由やろうが。ムカつくやつに『死ね』くらい言わんと……いや、口に出して言わんにしてもよう、思うくらいは健全なことぞ」

おじさんに返す言葉が見つからないうちに、睡眠薬が効いてきた。良かったと思った。おじさんはいい人だけど、この会話は、あまり続けたくない。

「おやすみなさい」

僕はそう言って眠った。けれど、

「手本を見せてやる。昔みたいに」

眠りに落ちる直前、おじさんがそう言った。

5

目が覚めると、僕は軽トラの助手席に座っていた。そして運転席には、おじさんがいた。

おじさんは相変わらず裸で、左手にハムカツ、右手でハンドルを握っている。

軽トラが走っているのは、とても綺麗な場所だった。空が青くて広い。緑の山の上には、巨大な入道雲があった。日差しは強く、夏だ。周りは一面の水田で、瑞々《みずみず》しくも力強い稲が、空へ向かって伸びている。

軽トラは水田の上の一本道を進む。視界を遮るものは何もない。

「いい場所ですね」

僕が呟《つぶや》くと、

「お前が好きな景色やろう。でも、あれはどうや？」

おじさんが正面を指さす。そこには若いカップルがいた。高校生で、夏の制服を着ている。男は黒いズボンに白いカッターシャツ。女は灰色のスカートに、これまた白いカッターシャツ。どちらもよく日に焼けている。そして見覚えがある二人だった。とても懐かしい気分になった。こいつらは僕が大嫌いだった高校の同級生だ。

女の方は、とにかく徒党を組んで人を潰したがるタイプだった。Bさんとしておこう。

男の方はCくんとしておこう。Bさんの彼氏で、サッカー部の部長だった。文武両道を絵に描いたようなタイプだったが、どうも僕が生理的に無理だったらしい。僕もCくんが無理だったけれど。

そんなBさんとCくんが、ある時から僕を潰しに来た。これと言ったキッカケはない。前々から僕のことが気に入らなくて、何かあって……もしくは、僕が知らないうちに余計なことをしたせいで、二人のスイッチが入ったんだろう。

二人に嫌われるのはいいとして、誰かに無視されたり、マトモに話を聞いてもらえないのは日常生活に実害があった。二人に加勢する人々から、毎日のように理由もなく殴られ、陰口をたたかれ、笑われるのも、やはり気分がいいものではない。そんな高校生活のキッカケとなった二人が、目の前を歩いている。とても幸せそうに。

「お前、あの二人のこと、死ねばいいと思っとったやろ」

「まぁ、高校生の頃は思っていましたけれども。あの二人のせいでイジメられましたし。理由もイマイチ分かんないイジメだったから、とにかく理不尽な毎日で……。あのせいで僕、ガッツリ人間不信になりましたからね」

「今ならイケるぞ」

「イケるって、何ですか？」

「このまま軽トラで突っ込んでやるんちゃ」

「いやいや、ダメですよ。二人にだってですね、愛する人が……」

「そんなんどうでもいい。お前はどうなんか。オレは今なぁ、お前がどう思うかを聞いちょるんや。あの二人が、お前がクソほど嫌いな二人が、のほほんと歩いていることに対して、お前はどうなんか。お前は何にも思わんのか？」

沈黙。その間にも、軽トラはゆっくりと前進する。

「なぁ、ここでは遠慮すんなちゃ。お前が思った通りのことを言えや」

あのカップルは一〇〇メートルほど先にいて、こっちの存在には気づいていない。いや、気にも留めていないというのが正確な表現か。

「まぁ、正直なところ……今でも死んでほしいと思ってますけどね」

僕は思った。二人には死んでいてほしい。別に苦しんで死ねとは言わないし、殺人鬼に惨《むご》たらしく殺されろとは思わない。けれど、ぽっくりと逝《い》っていてほしい。自然死くらいはしてほしかった。いや、正直に言うと、事故死がベターだ。

「決まりや」

途端に、おじさんがアクセルを踏み込んだ。軽トラは急加速し、カップルに、あの二人に近づく。一〇〇メートルの距離はあっという間に消え、振り返った二人と目が合った瞬間、二人とも弾《はじ》き飛ばされて遥《はる》か後方へ消えた。まるでバスケットボールが気持ちよくバウンドしたような人間を撥《は》ねた感覚が、シート越しに僕の全身を伝った。窓から後ろを振り返ると、もう二人は見えなかった。軽トラは青い空の下を、最高速度で真っ直ぐ走り続ける。窓から風が入ってくる。その風が、僕の体にこびりついていた何かを吹き飛ばした。汗だった。急加速時に緊張していたんだと、今になって気付く。汗が風で飛んで、たちまち体が軽くなる。軽くなった体を感じると、心が洗われるって、きっと今のこれなんだと思った。

「どうや？」

おじさんに聞かれたから、僕は思った通りに答えた。

「気持ちいいですね、今の」

「そうやろう、そうやろう」

おじさんの声は弾んでいた。僕はおじさんに尋ねる。

「さっきの、Ａさんでできますかね？」

「もちろんちゃ」

その後、僕とおじさんは軽トラでＡさんを撥ね殺した。そして海沿いの道を一時間ほどドライブして、気が付くと僕は布団に戻っていた。朝だった。窓の外には冬の澄んだ青空があって、僕はコンロでお湯を作って、朝ご飯のインスタントラーメンを食べた。そのあとはまた布団に戻って、僕はおじさんと子どもの頃みたいにゲラゲラ笑い合った。

6

その日から、軽トラで色々な人に突っこむ日々が始まった。もちろん運転席に座ったおじさんと一緒だ。おじさんは紙の地図を見ながら、次から次へと、僕を、僕が常々「死んでくれないかな」と思っている連中のところへ案内してくれた。そういう連中を見つけては、僕とおじさんは軽トラで撥ね殺した。だいたい死んでほしい人を撥ね殺すと、次に「こういう連中がいたら気に入らんよなぁ」と思う連中を撥ねていくことにした。おじさんの軽トラは、どんな場所、どんなところにも、スムーズに入っていけた。最初は道のある場所だけだったけれど、回数を重ねるごとに、軽トラは獣道や凍結した道路で最高速度を出せるようになり、さらにはコンクリートの壁を突き破れるようにもなった。空だって飛べたし、バケモノに変形もできた。そしてどんな無茶をやっても、車体には傷ひとつ付かない。人を轢《ひ》き殺したあとは、軽トラで周囲を流しながら眠りについて、そのまま朝を迎える。

気が付くと、すっかりムカつく連中を轢き殺すのが僕の生活の一部になった。朝に起きて、何をするわけでもなくブラブラ散歩しながら、おじさんと会話をする。決まって最初に、おじさんが轢き殺す相手を提案してくるのだ。

「こんなヤツがおったらよう、轢き殺したくならんか?」

「そういうヤツらは、やるしかないですね」

「だろう?」

「それにしても、おじさんはよく次々と嫌な連中を思いつきますね」

「ははは、まぁまぁ、そういうもんやからな。オレは」

そんな相談をして、夜になると風呂に入って、布団に横になって、軽トラに乗り込む。

そして僕とおじさんは、日中に考えたありったけの嫌いな連中を轢き殺す。小学生の頃は、おじさんとたくさんの人を殺したけれど、今はその何倍もやっていた。

そんなことをしているうちに、休職して二か月が経った。僕はメンタルクリニックに行って、現状報告をして、薬を貰った。症状は改善されてきた。薬のおかげなのは間違いなかった。明らかに気持ちが一定以下に落ち込むことがなくなった。休職前後には、もう何も考えたくないと思っていて、何も楽しくなかった。けれど今は、おじさんと会話すること、そして軽トラで突っ込むことが楽しくて仕方がない。

復職の目処はたたないけど、回復はしている。そんな時間が続いた、ある日のことだ。病院を終えて、家に帰った。そしてパソコンを開いたとき、大事なことに気が付いた。そろそろ僕が作っていたゲームが発売されている、と。

休職のために途中で抜けたとは言え、やはり思い入れがある。それにユーザーの反応が気になった。僕はユーザーが怒ると思っていた。いや、せっかく遊んでくれたユーザーには申し訳ないと思いつつ、怒ってほしいと願っていた。あんな内容はユーザーをバカにしている。面白くないを通り越して不快だ。ユーザーはきっと怒っているはずだ。

すぐさまユーザーの反応を検索する。ＳＮＳや匿名掲示板……まだ発売して数日だったが、ネット上は大いに盛り上がっていた。主に怒りの声で。

ユーザーはシナリオ部分に対して激しく怒っていた。主人公たちの行動が不快だ、そもそも意味が分からない……おおむねそのような意見がネット上を飛び交っている。おまけにAさんはSNSでユーザーとケンカを始めていた。自分のゲームの面白さを理解できないお前たちが悪い、という論調だ。僕に接してきた、あの感じとまったく同じだった。それがまたユーザーの怒りを煽《あお》り、争いが争いを生む負の連鎖に落ち込んでいたのだ。

状況を把握し終わる頃には、夜になっていた。真っ暗な部屋で、僕は笑った。

「だから言ったやろうが、死ね」

僕がそう言うと、おじさんがハムカツを差し出した。おじさんも笑っていた。

「やっと『死ね』って言えたな。それでええ。お前は間違ってなかったんちゃ」

僕はハムカツを片手に、次々と更新されるネットの怒りの声を全身に浴び続ける。すべての激しい誹謗《ひぼう》中傷が、僕には歓声と拍手に聞こえた。

7

僕はAさんがSNSでユーザー相手に、見当違いの持論を振り回し、どんどん昔からのファンたちに失望されるのを眺めながら、数日を過ごした。けれど、一週間が経つ頃には、ある心境の変化が起き始めた。

「僕は間違ってなかった」と思えた。でも、それだけで片づけていいのだろうか？　一番酷い目に遭ったのはユーザーだ。このゲームを楽しみにしていたのに、そしてお金を出して買ったのに、Aさんに何もかもを台無しにされてしまった。それに、僕以外のスタッフだって悲惨だ。一生懸命、毎日遅くまで残業してゲームを作っていた。それがAさんのシナリオのせいで、一切評価されずにクソゲー認定を受けてしまったのだ。僕がもうちょっと頑張って、上手くやって、Aさんのシナリオをちゃんと直しておけば、何もかもが丸く収まったんじゃないか？

「それはお前、さすがに考えすぎちゃ」

おじさんが言った。

「お前が何でもかんでも責任を感じよったら、また腹を切ることになるぞ。ちょっと考えろ。腹を切らんでも、首を吊《つ》ったり、どっか飛び込めば、楽に死ねる。お前が思っているより、死ぬっちゅうのはハードルが低いんじゃ。お前は腹を切ったときに頭がおかしくなっとったから助かったんちゃ。今の普通の状態やったら、普通に死ぬぞ」

「その通りですけれども」

治療に成果が出始めたのだろう。僕は少しだけ、前より先のことが考えられるようになった。同時に、休職前の自分の行動が異常だったとも思えるようになった。何で腹を包丁で切ろうとしたんだろう？　この傷、あとにも目立つぞ。横一文字の傷を撫《な》でながら、首をひねった。銭湯や温泉に入ると、悪い意味で視線を集めてしまうだろう。というか、まず家庭用の包丁なんかで腹が切れるわけないじゃないか。あとは何で壁を殴ってたんだ？韓国映画の『オールド・ボーイ』で、主人公が壁を殴って体を鍛えるシーンは大好きだし、どうせこの建物は取り壊しが決まっていて、僕以外の人間は全員退去しているから、近所迷惑にもならない。とは言え、殴っても何もいいことはないはずだ。

僕が過去の自分の奇行と向き合っていると、おじさんが言った。

「それよりも、お前はまだ書かんのか？」

「書くって、何をです？」

「お前はシナリオライターやろうが」

「そうですけど」

「次は、お前が正解を書く番やろ。お前は間違ってなかった。Aよりも面白いもの書けるはずちゃ。もう何にも遠慮はいらん。面白いと思うもんを書け、作れ」

「あ、そういえばそうですね」

僕は膝《ひざ》を打った。おじさんの言う通りだ。僕を散々に貶《けな》して「俺の書く面白いテキストを見習え」と言ったAさんが、世間からクソシナリオを書いたと評価されている。しかも、おおむね僕が「酷いやろ、これ」と思った箇所がボコボコに叩かれていた。ということは僕の感覚は間違っていなかったということだ。他人の不幸を喜んではいけないと思いつつ、自信が湧いてきた。

……と思ったが、同時に冷静にもなった。そして、いやいや、それは違うと思った。間違いに気が付く能力と、物をゼロから創る能力はまるで別だ。僕は今回Aさんの間違いに気が付けた。それに僕には、僕が面白いと思うものもある。けれど、僕が面白いと思うものが、多くの人に面白いと思ってもらえるかは、まったく別の話だ。

「めんどくせぇのう。ちなみに、お前が面白いと思うもんはどんなもんか。今日の分をやりながら、詳しく聞かせてもらおうか」

おじさんが軽トラのドアを開けた。

「ですね、試してみましょう」

僕も軽トラに乗り込む。そして例によってAさんを轢き殺した。場所は会社だ。

「おじさん、車を止めてくれますか」

「おっ、止めろっちゅうのは初めての反応やな。了解」

軽トラを降りて、Aさんを見に行く。Aさんは綺麗に倒れていた。ケガ一つしていない。

僕はそれが気に入らなかった。

「これって、死んでるんですかね？」

「オレん中じゃ、死んでるなぁ」

死んでいるなら、気に入らない。軽トラに撥ねられた死体なら、こんな綺麗なままであるわけがない。まず出血が必要だ。骨も折れているだろう。内臓だって無事じゃないはずだ。そう思うと、Aさんの両手足がそれぞれ逆方向に曲がり、顔が血まみれになって、ついでに一リットルほどの血を吐いた。

「リアルやなぁ、お前の考える面白さは」

そう言われたとき素直に思った。

「いや……Aさんをグチャグチャにしたあとで申し訳ないですけど、これは面白くはないですよ」

ピクピク痙攣《けいれん》するAさんの死体を見下ろす。そこにあるのは、ただ残酷なだけの死体写真だ。「面白い」と誰かにオススメする気にはなれないし、楽しいのは楽しいけど、「面白い」とは思えない。

「もうちょっと派手さが欲しい感じか？」

おじさんがそう言うと、Aさんの体が胴体から真っ二つに裂けた。

「それやるんやったら、もっと血が欲しいですね。あと内臓。上半身と下半身を繋《つな》いでいる腸が欲しいです」

社内が血まみれになった。別々になった上半身と下半身のあいだは、でろんと伸びた腸で辛うじて繋がっている。いい絵だとは思った。好きなタイプの人体損壊だ。けれど、やはり違う。これだけじゃ面白いとは思えない。ただの残酷ショーだ。

「いや、やっぱこれだけじゃ面白くないです」

「他のムカつくヤツらとセットにしたら、どうや？」

「死んでほしいヤツが死ぬのは、僕は楽しいですよ。でも、面白いとは違う気がします。僕が面白くないと思ってしまうのは……この人が死ぬところですね。死んじゃったら、物語的な広がりがない。生きていてもらわないと」

するとおじさんは「はぁ？」と不機嫌な溜息《ためいき》を漏らした。

「おいおい待てちゃ。ムカつくやつらを殺すのが楽しいんやないんか？」

「楽しいですよ。嫌いな人が死ぬのを見るのは。でも、『面白い』とは違う気がしますし、これを『面白いもの』として世に出すのは、気が引けます」

「殺さんのやったら、どうするんか？　このまま生きるんか、こいつ？」

真っ二つになったAさんが動き出した。

「生き返るにしても、この状態やったら即死やろ。ゾンビとか？」

おじさんが言った。Aさんは唸《うな》り声を上げる。人間としての理性を失っているのだ。ゾンビだから。

僕は絶対に違うと思った。そうじゃない。

「いや、そもそも死ななくていいんです。僕的には、トラックに撥ねられて、生きていればいい。生きて、その後に何とかする話だと、面白くなると思います」

「待て待て。それ、話としてムチャクチャすぎるやろ。そもそもAを殺さんでいいんか？

死んでほしいんやないか?」

「いや、Aさんには死んでほしいです」

こちらも率直な本音だった。死んでほしいかと言われたら、死んでほしい。けれど、この人が生きていないと面白くならない。

少し考えて、僕は簡単な答えに辿《たど》り着いた。

「そうか、そもそもAさんが要らないんですよ。面白い物語を考えるときに、Aさんは不要です」

そうだ、死ぬやつがAさんだから話がややっこしくなるのだ。死んでほしい人だけど、僕が話を考えるときには、どんな形でも関わってきてほしくない。

「別のムカつくやつは?」

「それでも同じです。面白い話なら、最後は生きていて欲しいんです。だから死んでほしいヤツは、ここにいちゃいけないと思います」

「話がだいぶ迷走しとらんか? やったら軽トラで突っ込まんでええやろ。誰も殺したくないなら、そもそも突っ込まんかったらええ」

もっともな意見だ。けれど、僕はこれも違うと思った。

「いや、軽トラは要ります。軽トラじゃなくてもいい。とにかく危機に陥る何かは欲しいです。あと派手なのが好きですし、いきなり軽トラが突っ込んでくるのは不条理でいい。

好きだから、これは外したくありません」

「まぁ、オレも突っ込むのは好きやから、そこを残してくれるのは嬉しいけれど。それじゃ、どんなヤツらが生き残ってほしいんか？」

「それは……」

生き残るのは、生き残るべき理由がある人間だ。物語を読んでいる人、そして僕自身が、この人は死んでほしくないと思うような人だ。そして生き残る理由とは、つまり物語だ。百歩譲って殺してもいいけれど、ただ殺すだけじゃダメだ。何か物語が欲しい。そこは絶対に譲れない。僕が面白いと思うものは、物語なんだ。昔からずっと。

では、それはどんな物語なのだろう？　僕が好きな物語って何だっけ？

自分に問うたとき、反射的にメロディーが頭の中に流れた。ああ、あれだ。初めて聴いたときボロボロに泣いたあの曲、テイラー・スウィフトの『Love Story』だ。

8

「生き残ってほしいのは、あと一歩でくっつくカップルとかですかね。テイラー・スウィフトの『Love Story』みたいな話が好きです」

僕は答えた。

「ああ、あれね。お前、泣くほど好きやからな」

「ですです」

そうなると舞台は会社なんかじゃダメだ。学校がいい。でも僕が通ったクソみたいな学校でもダメだ。青春感のある学校じゃないと。

僕とおじさんを乗せた軽トラは、木造の校舎に移動した。僕は初めて、おじさんが持っていた紙の地図を手に取った。

「ここです。こういう感じの場所です」

埃《ほこり》だらけで、かび臭い。夕方で誰一人いなくて、部屋鳴りがあちこちからする。

「ここはどこなんか?」

「この木造の校舎は、普段は使われていない。いわゆる旧校舎というやつですよ」

僕は地図を確認する。この旧校舎には幽霊が出るという噂があって、気味悪がられている。だが、忌み嫌われているからこそ興味を示す者もいる。この学校のオカルト研究会の部長と後輩だ。

「今日こそ心霊写真を撮る!」と盛り上がる部長に連れられ、後輩はこの旧校舎に入ってきた。「幽霊なんて出ませんよ」と後輩は困惑気味。そりゃそうだ。彼は部長の強引な勧誘を断り切れずに入部した子で、そもそもオカルト全般に興味がない。

部長はカメラでパチパチと所かまわず撮っている。しかし不意に、

「ほら、笑いなさいよ。ピース♪」

部長は後輩にカメラを向ける。

「はしゃぎすぎですよ」と後輩はいよいよ表情が曇る。すると部長が答える。

「はしゃいじゃダメなの？　せっかくキミと二人きりなのにさ」

後輩はちょっと驚きつつ顔を上げ、

「え？　どういう意味……」

部長はその言葉を遮って言った。

「私はキミと心霊写真を撮りに行くとき、いつもデートのつもりなんだ」

顔を真っ赤にする後輩、マジか、からかわれているのか、彼は混乱する。そこに追い打ちをかけるように、部長は後輩に抱きつく。

「幽霊も好きだけど、キミも好きだよ」

そして部長は、ずっと胸に秘めていた想いを語り始める。

「私はね、ずっと変わり者だって言われて、誰も一緒に幽霊探しなんてしてくれなかった。でもキミは、ずっと私についてきてくれる」

後輩の困惑は頂点に達する。

「でもオレは、それだけですよ。ついてきただけで……」

すると部長は後輩に抱きついた体をきゅっと縮めて、

「それだけで、好きになったらダメかな？」と囁《ささや》いた。

そこに僕とおじさんは軽トラで突っ込み、二人を撥ね飛ばした。二人はいつかのムカつくカップルのように弾んで飛んだ。

そして僕は軽トラを降りる。おじさんも降りる。大の字で冷たくなっている部長と後輩を見下ろしながら、僕は思ったことを整理しないまま、好き勝手に口に出す。

「いや、撥ねない方がいいんじゃないですかね、これ」

僕は思った。撥ねるよりも、二人がイイ感じになっている空間に、軽トラという異物が割り込んでくる、その瞬間の方が面白いと思ったのだ。

「でもよう、撥ねないなら、どうするんか？　ただ突っこむだけじゃダメやろ」

おじさんが言った。その通りだ。突っ込んだなら、二人は当然リアクションをする。突然に現れた軽トラに驚くだろう。でも「ビックリさせて終わり」じゃ弱い。僕たちの側にも何かが必要だ。カップルにあるような物語が、突っ込む僕らにも欲しい。

そのとき、僕は気が付いた。

「今、この人ら、僕らが突っ込まなかったらセックスしてましたよね？」

時間は戻り、ケガ一つない部長と後輩が抱き合っている。二人の顔は今にもキスをしそうなほど近い。部長は後輩に胸を押し当てて、後輩もそのことに気が付いている。

僕はそんな二人を指さして、

「だったら、避妊が必要なんじゃないですか？」

常々思っていたのだ。エロ漫画などで、そういう展開になったとき、避妊のことは一切考えずにカップルは性行為を行う。これが気になっていた。望まない妊娠が心配だし、同時に自分の中で「避妊具をつけていた方がエロいんじゃないか？」というエロ表現を広げる可能性も感じていた。「避妊具をつける」という、一種の事務的な作業を挟むことで、初々しさと、これから繁殖のためではなく、快楽のための性行為をするのだという事実を強烈に印象づけられる。僕は以前からずっとそう思っていた。ただし、そのアイディアを頭の外に出す機会がなかった（数年後、同じことを考えたエロ漫画家さんと出会う。山本《やまもと》善々《ぜんぜん》先生だ）。そこで、

「避妊具です。避妊具が必要だ」

僕がそう言うと、おじさんが困惑した表情で聞いてきた。

「そりゃそうだろうけどさ。でも、こいつらここで初めてイイ雰囲気になったんやろうが？　やったら避妊具なんか持っとりゃせんやろ」

「だから僕らは避妊具を渡しましょうよ。突っ込んだ後に。そうだ、僕らは避妊具を二人に渡しに来たんです」

そう言って僕は懐からコンドームを一箱取り出した。学生だから安いやつの方がリアリティがあるだろうけど、ここは薄くて高いやつの方がいい。

「不条理すぎるやろ、何やそれは」

おじさんが笑った。僕も笑って、確信した。僕はこれが面白いと思う。

そして僕らは再び軽トラで突っ込んだ。今度は二人を撥ねない。代わりに軽トラで窓を突き破って、二人が抱き合う教室に突進する。ガラスが飛び散り、二人は悲鳴を上げて吹き飛ぶ。倒れ込んだ二人に、僕は避妊具を投げつける。

「避妊はするんやぞ」

おじさんがそう言うと、僕は思った。このままだと「あんたらなんだ?」「何でこんなことしてるんですか?」と聞かれるはずだ。「何でこんなことをしているんだ?」と聞かれたら……どう答えるべきか? 楽しいから、面白いから。それだけだ。けれど今はそれだけじゃない。面白いと思うことを書くのが僕の仕事だ。自分が面白いと思うことを形にしていくことが、僕のような人間が誰かの役に立てて、誰かに褒めてもらえて、生活していくための対価を貰える、唯一の方法なんだ。そう、これは一言で言うと仕事なのだ。

だからおじさんは、「何⁉」「誰⁉」と叫ぶ部長と後輩に答えた。

「これが仕事なんよ」

きょとんとする部長と後輩。僕らが乗る軽トラは、猛スピードで学校を後にした。

9

軽トラは、懐かしい道を走っていた。僕が小学生の頃に大好きだった、海沿いの道だ。海はゴミだらけだし、風が吹き荒れている。でも、ここは空と海を同時に見ることができて、今日みたいに晴れていると目の前が青一色になる。僕はその景色が好きだった。

「さっきのが、お前が考える『面白い』か」

おじさんがハムカツを食べながら僕に尋ねた。今、おじさんは助手席に座っている。地図を見ているのも、ハンドルを握っているのも、僕だ。

「ですね。僕はこういうのが好きです」

「ワケが分からん」

そういって、おじさんが笑った。

「いや、僕にも分からんですよ。でも軽トラでカップルに突っこむなら、こういう感じが欲しいです。幸せになってほしい」

「幸せになってほしいなら、最初から軽トラで突っ込まなきゃええやんか」

「でも、突っ込むのは好きなんですよ。派手だし」

「そうやろうな。何て言ったって、オレが大好きやからなぁ」

「でしょう？　おじさんが好きなものは、僕も好きなんですよ」

「オレが好きなもんは、ムカつくやつらを殺すことや」

「僕が好きなものは、ハッピーエンドです」

「真逆やなぁ」

「真逆ですね」

でも、僕なのだ。どっちも間違いなく僕なのだ。だから、

「もちろん、僕にも死んでほしいやつはいますよ」

僕はそう付け足した。間違いないのだ。僕の中には、そういう強い憎しみと怒りがある。ドロドロとした、ヘドロのような。それは一般的には捨てろと言われるもので、僕も捨てた方がいいと思っていた。でも、やっぱり捨てられない。これもまた僕だからだ。内臓は取り出せるし、腕だって切除できる。でも心は無理だ。

するど、おじさんも、

「まぁ、オレもハッピーエンドは嫌いやない」

そういって笑うと、

「どうやったね？　久しぶりに、オレと一緒におって」

おじさんが続けた。その体が全体的に薄くなっている。向こうの窓の青空が透けて見えて、まるで半透明のおじさんのアクリルスタンドがあるようだ。

「お前の『面白い』がどんなんか、ちゃんと思い出せたか？」

　おじさんが聞いて来る。

「はい。僕は、さっきのは面白いと思いますし、この感じを忘れません」

「それなら、よかった」

「ええ、本当によかったです。それに、楽しかった」

　おじさんはどんどん薄くなってゆく。今やその姿は、にじんだ水彩画みたいだ。きっとこのまま、もうすぐ――。

「もう、お前ひとりで平気か？」

　その問いかけに、僕は正直に答える。

「いいえ、平気じゃありません。というか、おじさんは、どこにも行かせないし、行けないですよ。おじさんは僕の中にある、大事な一部なんですから。どこに消えたって、消えられないんです」

　おじさんは困った顔をした。

「いや、おらん方がええやろ。オレはトラックで突っ込んで、ムカつくやつを殺すしか話を考えきらん。こんな憎しみの塊を抱えとっても、ロクなことにならんぞ。さっきだって、ほとんどお前が一人で話を組み立てたやないか」

「それは違います。おじさんが軽トラで突っ込まなかったら、僕はスタートラインに立ててなかった。僕が面白いことを考えるとき、おじさんは絶対に必要です。それに、僕は大事なことを忘れていました。僕は嫌いな人を酷い目に遭わせるのが大好きです。死んでほしいやつもたくさんいます」

おじさんは苦笑いを浮かべた。

「こんなんと、ずっと一緒やと苦労するぞ」

僕は答える。

「大丈夫ですよ。頑張って、上手く付き合っていきますから」

その途端に、おじさんが花火みたいに弾けて消えた。

そのまま僕は軽トラを走らせる。海沿いの道を走ること一時間、僕が辿り着いた場所は、夜の僕の部屋だった。僕はそのままパソコンを立ち上げて、何かを書くことにした。さっき旧校舎でやったように、自分の好きなことを書くんだ。折しも僕のタイムラインには、全裸の中年男性が奇行に走る、全裸中年男性ストーリーがあふれていた。ここに僕も、僕なりに参加しよう。イイ雰囲気のカップルのところに、おじさんが運転する軽トラが突っ込む。カップルとおじさんは、それぞれ物語を背負っている。僕はそれを一四〇文字にまとめてTwitterに投稿した。すると、ありがたいもので、何人かが「面白いね」と反応してくれた。それはやはり、とても嬉しかった。

10

あれから十年が経った。僕は復職して、打ち上げで「クソシナリオライター」だと自分を笑ったあと、会社を辞めて、TwitterはXになった。

そして僕はまだシナリオライターを続けている。まだまだ無名で、特に大きな実績があるわけじゃない。辛《つら》いことも多い。けれど一応は会社を辞めて、ライターで独立して活動できているし、楽しいことも増えた。十年前にAさんから毎日「お前は才能ないから、この世界は無理だぞ」と言われていたけど。もう十年も続けられているのだから、まぁ悪くはないだろう（ちなみにAさんは目立った動きをしていないが、一応は健在らしい。死んでほしいとは思わないが、もしも会えたら何らかの嫌味は言おうと……いや、会いたくないな。あとやっぱ死んでほしい）。

もっとも、壊れた心の方はまだ治っていない。今日もメンタルクリニックで薬を貰った。睡眠薬は少し減ったが、抗うつ剤の方はなかなか減らすことができない。減薬に何度か失敗したし、危うい状態に陥ったこともあった。たぶん一生、付き合うことになるんだろうなと思う。

そんな現状だから、正直なところ、自分の人生について考えると落ち込んでくる。十年前よりはずっとマシだけど、不安定な仕事だし、不安定な時代だ。先のことなんて、まったく分からない。

けれど……いや、だからこそ、今日も書きたい。物語を背負った人間のところへ、おじさんの軽トラや、それ以外でも何でもいい、殺人ザリガニでも、カマキリでもカナブンでも、何でもいいんだ。何かが突っ込んできてグチャグチャになる話を書く。

そして、もしも僕が書いた話を誰かが喜んでくれるなら、何より嬉しい。優しい気持ちを満たした結果でも、憎しみを満たした結果でも、誰かに喜んでもらえるなら、それだけで僕が生きる理由になる。生きるために、僕は今日も仕事をする。僕は今年で三八歳だ。他に出来ることもないし、引き返せないし、引き返すつもりもない。

それじゃ家に帰って、僕が嫌いな人がたくさん死んで、生き延びて欲しい人が生き延びて、最後は読んだ人に「面白かった」と思ってもらえるものを書こう。まずはパソコンを開け。次に服を脱いで裸になり、ハラハラと散る髪の毛と、出っ張った腹を気にせず、ハンドルを握ってアクセルを思い切り踏み込め。そして仕事が終わったら、ハムカツを食べよう。もちろん揚げたてサクサクの、分厚いハムカツだ。おじさんも僕も大好きな、あのハムカツだぞ。

本作はWebサイト「カクヨム」に掲載された作品を
加筆・修正し、書き下ろしを加えたものです。

装画
八木宇気
装丁
坂詰佳苗

加藤よしき（かとう　よしき）
1986年生まれ。福岡県北九州市出身。会社員として働く傍ら、2016年にWeb小説投稿サイト「カクヨム」に投稿をはじめ、今作で作家デビュー。映画ライターとしても活動し、22年には『読むと元気が出るスターの名言 ハリウッドスーパースター列伝』を刊行した。かぁなっき氏とのユニット“FEAR飯”として、怪談ネットラジオ「禍話」も配信中。

たとえ軽《けい》トラが突《つ》っ込《こ》んでも僕《ぼく》たちは恋《こい》をやめない

2024年12月16日　初版発行

著者／加藤《かとう》よしき

発行者／山下直久

発行／株式会社KADOKAWA
〒102-8177　東京都千代田区富士見2-13-3
電話　0570-002-301(ナビダイヤル)

印刷所／旭印刷株式会社

製本所／本間製本株式会社

●お問い合わせ
https://www.kadokawa.co.jp/（「お問い合わせ」へお進みください）
※内容によっては、お答えできない場合があります。
※サポートは日本国内のみとさせていただきます。
※Japanese text only

定価はカバーに表示してあります。

ISBN 978-4-04-115638-4　C0093